데일리 히어로

FUSION FANTASTIC STORY

인기영 장편 소설

DAILY
HERO

데일리 히어로 4

인기영 장편 소설

초판 1쇄 찍은 날 § 2015년 1월 21일
초판 1쇄 펴낸 날 § 2015년 1월 28일

지은이 § 인기영
펴낸이 § 서경석

편집부장 § 권태완
편집책임 § 이창진

펴낸곳 § 도서출판 청어람
등록번호 § 제387-1999-000006호
등록일자 § 1999. 5. 31
어람번호 § 제1-2034호

주소 § 경기도 부천시 원미구 부일로 483번길 40 서경B/D 3F (우) 420-822
전화 § 032-656-4452 팩스 § 032-656-4453
http://www.chungeoram.com
E-mail § chungeorambook@daum.net

ISBN 979-11-04-90075-4 04810
ISBN 979-11-316-9293-6 (세트)

데일리 히어로

FUSION FANTASTIC STORY

인기영 장편 소설

DAILY HERO

4

도서출판 청어람

데일리 히어로

DAILY HERO

CONTENTS

Chapter 1   첫 번째 의뢰   7

Chapter 2   친구 대부   29

Chapter 3   두 번째 의뢰   53

Chapter 4   작업반장 김 씨   77

Chapter 5   소문나는 사이트   101

Chapter 6   복학생의 고백   125

Chapter 7   애니멀 링크   149

Chapter 8   양아치들   173

Chapter 9   고양이 루시   197

Chapter 10   고양이 사냥꾼   217

Chapter 11   살생(殺生)의 이유   237

Chapter 12   바깥 의뢰, 집안 의뢰   255

Chapter 13   길버트의 난   277

Chapter 14   복수의 서막   291

Chapter 1
첫 번째 의뢰

　내가 지금 헛것을 보고 있는 건 아니지?

　눈을 마구 비볐다. 하지만 시야에 비치는 광경은 전혀 변한 것이 없었다.

　카시아스는 내가 큰 오해를 하고 있다고 말했다. 그 오해를 풀기 위해 확실히 해두고 싶은 것이 있다고도 말했다.

　그러더니 환한 빛에 휩싸여 사람의 모습으로 변했다.

　그런데 카시아스가 변한 모습이 나로서는 믿기지 않았다.

　"카시… 아스?"

　내 물음에 카시아스는 대답 대신 고개를 끄덕였다.

　확실했다.

그… 아니, '그녀' 는 카시아스였다.

나보다 머리 하나는 작은 키에 허리까지 내려오는 긴 생머리가 인상적인 그녀는 계절과 어울리지 않는 흰 탱크톱에 청핫팬츠, 허벅지까지 오는 검은 스타킹을 착용하고 있었다.

그런 복장인지라 들어갈 곳은 들어가고 나올 곳은 확실히 나온 그녀의 육감적인 몸매가 적나라하게 드러났다.

검은 머리카락과는 대조되게 피부는 백설처럼 하얗다.

작은 얼굴에 붙어 있는 이목구비는 또렷했고, 예뻤다.

차가운 표정이 흠이라면 흠이지만 그래서 더 고혹적으로 보이기도 했다.

카시아스가 내 코앞으로 다가왔다.

"놀랐나?"

윽… 외형은 완전히 바뀌었는데 말투는 그대로였다.

"놀랐지, 그럼 안 놀랄까?"

"역시 남자로 생각하고 있었군."

"내 잘못이 아니야, 그건! 대체 정체를 알 수 없는 고양이가 다가와서, '그랬는가?', '했는가?', '이렇게 해라! 저렇게 하란 말이다!' 따위의 말투를 사용하면 당연히 남자라고 생각하게 되는 거 아니냐고!"

사실 남자도 아니고 그저 수컷이라 생각했지만.

카시아스는 내게 마법을 익힌 다른 차원의 신기한 고양이 정도였다.

그런데 이제는 전혀 다른 존재가 되어버렸다.

"이런 모습으로 마주하는 건 처음이니, 정식으로 소개하지. 다일리아 카시아스. …여자다."

…내가 남자라고 생각했던 게 엄청 자존심 상했던 모양이다.

난 당연히 '다일리아 카시아스. 대마법사다' 라고 소개할 줄 알았는데.

"나도 정식으로 소개할게. 유지웅. …남자다."

펵!

"악!"

때렸다!

저게 내 정수리를 때렸어!

"적당히 기어올라라."

"성격 지랄 맞은 거 보니 카시아스가 맞긴 맞네. 그럼… 카시아스가 성이고, 다일리아가 이름인거야? 아니면 그 반대인가?"

"다일리아가 이름이다."

"하아, 그래?"

입을 다물고 있으면 썩 어울리는 이름이다.

그런데 입만 열면 완전히 깬다.

얼굴은 예쁜데 말투는 사내자식 저리 가라니… 그래, 마치 미녀파이터 송가연 같다.

"그럼 앞으로 어떻게 불러야 돼? 다일리아?"

"카시아스라고 불러."

이상하네.

카시아스는 이렇게 좋은 얼굴에 끝내주는 몸을 가졌으면서 왜 여성성을 강조하지 않는 거지?

'아니야. 입고 있는 옷을 보면 엄청 강조한 것 같은데……'

카시아스가 내 의중을 읽은 듯 눈을 사납게 떴다.

"선호하는 패션대로 갖춰 입다 보니 이런 차림이 됐을 뿐. 몸매를 강조하려고 이런 패션을 택한 건 아니다."

"…그래 알았어."

여기서 더 까불었다간 분명 얻어 터질 테니 현명하게 발을 빼야겠지.

…근데 가만?

내가 왜 이렇게 카시아스한테 설설 기는 거지?

고양이였을 때나 사람 모습일 때나 카시아스는 카시아스다.

겉모습이 변한 것일 뿐, 그 내면은 여전히 날 짜증나게 갈구고 말도 얄밉게 하는 그 카시아스란 말이다.

그런데… 변한 겉모습이 좀 세긴 세다.

"묻고 싶은 게 있는데."

"뭐냐?"

"말투가 왜 그래?"

"내 성장 환경에 의해 이런 말투가 굳어져 버린 것을 내게 따져 묻지 마라."

뭔가 여자로서 사랑 받지 못한 인생을 산 모양이다.

그러니 말투가 저 모양이겠지.

평생 '애교'라는 단어와는 담을 쌓고 살았겠지?

"한 가지 더 궁금한 게 있는데."

"…뭐냐."

"평소에 왜 그 모습으로 안 다니는 거야?"

"귀찮으니까. 별의별 똥파리들이 다 달라붙더군. 확실히 지구의 사내놈들 눈은 너무 낮아. 데브게니안 대륙에서 엘프라도 하나 넘어온다면 전 세계가 들썩이겠군."

엘프에 대해선 나도 익히 알고 있다.

실제로 만나본 적은 없지만, 소라스, 바레지나트, 리조네의 기억과 동화되면서 엘프들에 대한 지식도 절로 습득할 수 있었다.

그들은 한마디로 절세미인, 희대의 미남들로만 구성된 우월한 종족이라 할 수 있었다.

물론 외모로만 본다면 말이다.

지금 지구에서 한창 이름 높은 미인들조차 엘프에 비하면 그 미모가 빛을 잃을 정도다.

그만큼 엘프의 아름다움은 말로 다 표현 못 할 만큼 대단

하다.

"맞아. 엘프들이 가진 미모의 벽은 너무 높아."

어찌 되었든 카시아스가 말한 요점은 이거다.

그녀의 미모에 혹한 남정네들이 숱하게 따라붙는 것이 귀찮아서 고양이의 모습으로 다닌다는 얘기다.

"그리고 또 하나 궁금한 게 있는데."

"많기도 하군."

카시아스가 한숨을 쉬며 노골적으로 귀찮다는 뜻을 내비쳤다.

"평소에 밥은 어떻게 해결해? 잠은?"

아무리 고양이의 모습으로 산다고 해도 원래는 사람이다.

길거리에서 음식물 쓰레기로 배를 채우고, 아무 데서나 잠을 청하진 않을 것이다.

"마련해 둔 집이 있으니, 걱정하지 않아도 돼."

"집을 마련했다고? 무슨 돈이 있어서?"

"마법을 조금만 잘 이용하면 그까짓 돈 우습게 벌 수 있지."

"……."

하긴.

투명화 마법으로 빈집털이를 해도 돈은 금방 벌리겠지.

"범죄를 저지르진 않았다."

"그냥 돗자리를 깔지 그래?"

눈치가 빠른 건지, 신기가 있는 건지, 하여튼 남의 생각 알아맞히는 건 달인급이다.

"아무튼 이제 오해가 풀렸나?"

"응… 오해가 풀린 대신 엄청난 충격 속에서 헤어 나오지 못하는 중이긴 하지만. 아니 근데… 말투는 그렇다 치고 그동안 행동거지는 왜 그랬던 거야?"

"내 행동이 왜?"

"여자 좋아하는 것처럼 행동했잖아? 그… 유주 누나가 안 아줄 때도 가슴에 일부러 스킨십하면서 날 놀리고……."

"그 여자의 가슴이 좋은 게 아니라 널 놀리는 게 재미있어서 그랬다."

"……."

이거 정말 답 없는 인간일세.

카시아스 저 녀석도 가만 보면 정상이 아니다.

뇌 구조가 심히 의심된다.

'가만… 그러고 보니.'

유주 누나 때야 그렇다 치고, 다른 때엔 여자를 그렇게 밝힌 적이 없었다.

오히려 여자들에 대해 험담을 늘어놓으면 늘어놓았지.

그게 다 카시아스가 여자여서 그랬던 거구나.

'여자의 적은 여자라더니.'

하여튼 여자는 무서운 종족이다.

함부로 건드리면 안 된다는 걸 뼈저리게 느낀다.

"앞으로 쓸데없는 오해는 하지 말도록."

말을 하는 순간 카시아스의 몸에서 빛이 뿜어져 나왔다.

그리고 섬멸하는 빛과 함께 그녀의 모습도 사라졌다.

조금 전까지 쫙 빠진 8등신의 미인이 있던 자리엔 검은 고양이 한 마리가 뚱한 얼굴로 날 보고 있었다.

"이제 들어가라."

"그래… 들어가야지."

카시아스는 인사도 없이 갑자기 모습을 감췄다.

아직 충격이 가시지 않은 난 좀 얼떨떨한 상태에서 집으로 돌아왔다.

"알바 끝난 지가 언젠데 이제 들어와? 여자 만나냐?"

현관에 들어서자마자 독설을 내뱉은 이는 우리 누나였다.

오른손은 허리에 척 걸치고, 왼손은 아이스크림을 든 채 할짝할짝 핥으면서 날 노려보고 있었다.

"누나, 나 피곤해."

"왜 피곤한데? 없는 시간 짬 내서 데이트 하느라?"

"그만해 쫌."

"뭘 그만해? 요새 너 많이 수상해?"

"내가? 뭘?"

"몇 달 새 덜떨어진 내 동생이 뭔가 똘망똘망해졌단 말이지."

그러니까 지금 자기 친동생이 똑똑해져서 이상하다 이거야? 그건 축하해줘야 할 일 아닌가?

"시비 걸 거면 내일 걸어."

방으로 들어가려는 내 팔을 누나가 확 잡으려 했다.

하지만 난 몸을 옆으로 틀어 누나의 손을 피했다.

그러자 누나가 버럭 소리쳤다.

"이것 봐!"

"뭘?"

"전 같았으면 너 그냥 맥없이 잡혔을걸?"

"사람이 살다 보면 그런 날도 있고 저런 날도 있고 그런 거지."

"그래, 그런 날도 있고 저런 날도 있긴 하겠지. 그런데 너는 몇 달 전까진 그런 날로 살다가 어느 순간부터 저런 날로 살고 있잖아."

"…무슨 소리야?"

"그러니까! …아, 모르겠다. 내가 학교 다닐 때 국어 공부를 열심히 안 해서 지금 설명을 잘 못하겠는데, 아무튼 다른 사람이 된 것 같다고!"

"하아, 그래서?"

"그 원인이 뭐냐 이거지?"

"뭘 꺼 같은데?"

"여자 친구 생겼지?"

크아악!

결국에는 내가 여친이 생겼나, 안 생겼나, 그게 궁금했던 거였냐!

진짜 기가 막히고 코가 막힌다.

"무슨 결론이 그런 식이야?"

"남자란 자고로 사랑하는 여인이 생겼을 때 변하는 법이지. 바보 평강과 온달 공주 이야기 몰라?"

"…그거 바보 온달과 평강 공주거든?"

"에이 씨, 강아지 엉덩이나 개새끼 궁둥짝이나."

내가 지금 이 누나랑 무슨 얘기를 하고 앉아 있냐.

"나 좀 쉬자, 누나."

"유지웅!"

"왜!"

"연애하다가 힘든 일 있으면 얘기해!"

"뭐?"

"네 심정 알아. 이 누나가 한 인기 하잖니?"

그건 인정하기 싫지만 부정할 수 없는 사실이다.

누나는 빼어난 미모와 잘빠진 몸매, 그리고 가히 신급 스킬을 자랑하는 자기 관리로 주변 남정네들의 마음을 온통 흔들어대고 있다.

"누나랑 연애 한번 해보겠다고 엄청 찌질이 같던 남자애들이 헬스 열심히 다니더니 몸짱 돼서 들이댔던 경우가 한두 번이 아니거든."

"그럼 내가 몇 달 전까진 찌질이였다는 얘기야?"

"그럼 아니야?"

"……."

반박할 말이 없다.

찌질이 정도가 아니었다.

나는 태진이 패거리의 빵 셔틀이었다.

갑자기 그 시절이 떠오르니 괜히 울컥하네.

"아무튼 찌질이였던 널 이렇게 갱생시켜 놓은 여자인 걸 보면 나만큼 여우일 게 분명해. 그러니까 마음 너무 주지 말라고 충고해도 너는 마음을 무지막지하게 줘버리겠지? 하지만 그 여자 주변엔 너 정도 되는 남자애들이 한 트럭으로 있을 거야. 한마디로 네 마음을 받아주는 척 어장관리만 하다 끝날 가능성 농후!"

"…방금 연애하다가 힘든 일 있으면 얘기하라며?"

"그랬지."

"그런데 나 연애하기도 전에 힘들어질 것 같은데?"

"그러니까 누나 말은 운이 좋아서 그 여자가 네 마음을 받아들여 주었을 경우, 힘들면 언제든지 얘기하라는 거야. 그때도 지금처럼 아주 현실적인 얘기들로 너 정신 차리게 해줄 테니까."

결국 연애를 하든 못 하든 누나가 멋대로 만들어 버린 그 가상의 여인은 내 마음을 진실로 받아주지 않을 거란 얘기네?

"그래, 알았어."

난 더 이상 상대하기가 피곤해져서 대충 대답하고 방으로 들어왔다.

샤워를 하기 전에 컴퓨터를 켜서 데일리 히어로 홈페이지에 접속했다.

"아직까진 의뢰가 들어오지 않았겠지?"

홈페이지를 개설한 지 이제 하루밖에 지나지 않았다.

홍보도 제대로 이루어지지 않았고, 홈페이지를 광고할 만한 사례도 없었다.

그런데.

"어?"

의뢰 게시판에 글 하나가 올라와 있었다.

의뢰 게시판에 올라오는 글들은 전부 익명에 비밀 글로 게시된다.

그것을 볼 수 있는 사람은 글을 올린 본인과 관리자인 나뿐이다.

게시글의 제목은 '도와주세요' 였다.

제목을 클릭했다.

화면이 바뀌며 내용이 보였다.

난 게시글을 빠르게 읽어 내려갔다.

[안녕하세요.

아는 동생에게 이 사이트를 소개받아 글을 올립니다.

솔직히 제가 지금 이곳에 왜 글을 쓰고 있는지도 모르겠네요.

그 동생의 소개가 아니었으면 얼굴도 모르는 분께서 관리하시는… 그리고 실례가 될지 모르겠지만, 정말 의뢰를 도와주는지도 모를 사이트에 제 고민을 올리지 않았을 거예요.

하지만 속는 셈 치고 올려봅니다.

전 올해 20살인 여자예요.

편의점 알바를 하고 있구요.]

어? 이거… 유주 누나잖아?

내 얘기를 듣고 글을 올린 모양이다.

그렇다고 해도 이렇게 빨리 반응이 올 줄은 몰랐는데, 무슨 고민인 걸까?

[한 달 전까지만 해도 별문제 없이 지내고 있었어요.

그런데 도저히 혼자서는 해결할 수 없는 문제가 생겼어요.

제가… 얼마 전부터 스토킹을 당하고 있어요.]

스토킹이라고?

아니 대체 어떤 놈이 그딴 짓거리를 하는 거야?

관심이 있으면 있다, 좋아하면 좋아한다, 정정당당하게 말을 하든가!

비겁하게 이게 무슨 짓거리야?

스토킹 당하는 상대방은 얼마나 두렵고 무서울지 모르는 건가?

하여튼 여자 함부로 대하는 것들은 다 죽어야 돼!

…근데 내가 언제부터 이렇게 페미니스트가 된 거야?

아무래도 리조네의 영향인 것 같은데, 이거.

[청모자를 푹 눌러쓴 남자가 벌써 보름이 넘도록 절 따라다녀요.

하지만 전 그 남자가 왜 이런 행동을 하는지 알 것 같아요. 그래서 경찰에 신고를 할 수가 없어요.

그 남자는 아마 우리 아빠가 사채 빚을 진 업장 사람 중 한 명일 거예요.]

사채?

유주 누나의 아버지가 사채 돈을 끌어다 썼단 말이야?

그런데 그 업장 사람이 왜 유주 누나를 스토킹 하는 거지?

[아빠가 사채 돈을 갚지 못한지 벌써 세 달째예요. 그래서 아버지를 겁주려고 저한테 사람을 붙인 모양이에요.

그래서 어디에다 고민을 말할 수도, 신고를 할 수도 없었어요.

신고를 해도 그들은 알아서 잘 빠져나갈 게 분명하니까요.

게다가 괜히 신고했다고 보복을 하려 들면 어쩌나 싶기도 했구요.]

그런 일이 있었구나.

나는 전혀 몰랐다.

유주 누나는 밝고 명랑한 데다 정이 많은 사람이었지만, 자기에 관련된 이야기는 도통 하지 않았기 때문이다.

[그런데 사실 이 사채 빚이라는 게 좀 억울한 면이 많아요.

처음 아빠가 빌린 돈은 제가 알기로 천만 원 정도였어요.

당시 엄마 병원비 때문에 어쩔 수 없이 빌려야 했거든요. 대출 같은 건 받을 수 없었어요. 아빠도, 엄마도 신용불량자였으니까요.

돈을 마련한 덕분에 병원비는 해결했고 엄마의 병도 나았지만 그 다음부터가 문제였어요.

사채 빚이 대체 어떻게 뻥튀기가 되는 건지 시간이 흐를수록

갚아야 하는 액수는 불어났고 나중에는 원금보다 이자가 더 커졌
어요. 빌린 건 천만 원이고, 지금까지 갚은 돈이 천이백인데, 아
직 갚아야 할 돈이 이천이래요.

　아빠가 중간에 몇 달 연체를 했었는데, 그때 갑자기 빚이 늘어
났어요.

　아빠는 찾아가서 항의했지만, 결국 변하는 건 없었어요.

　그 사람들은 교묘하게 법의 테두리 안에서 말도 안 되는 이자
를 붙이는 것 같았어요.

　아빠는 지금 일용직 노동자로 살고 계셔요.

　엄마도 식당에서 홀 서빙 일을 하시구요.

　그렇게 두 분이서 한 달 죽어라 벌어봤자 줄 수 있는 돈은 얼마
되지 않아요.

　제가 편의점 야간 알바를 하고 있다지만 그것 역시 큰 도움이
되는 돈은 아니에요.

　다달이 불어나는 빚을 감당하기엔 턱도 없는 액수죠.]

　유주 누나는 나보다 더 힘든 하루하루를 나고 있었다.

　그런데도 그렇게 밝은 미소로 주변 사람들을 대했었다.

　전부터 멘탈이 강하다는 건 알고 있었지만, 이 정도로 강한
사람인 줄은 몰랐다.

[그래서 제가 부탁하고 싶은 건 사채업자들과 우리 가족의 악연을 끊어달라는 거예요. …물론 억지인 거 알아요. 하지만 로또 맞는다는 심정으로 글 올려봐요.]

역시나 유주 누나는 이 사이트에 글을 올려봤자 자신에게 아무런 도움도 주지 못할 것이라 생각하는 모양이었다.

지푸라기라도 잡는 심정.

자포자기하는 심정.

그런 심정으로 그냥 글을 올려본 것이겠지.

하지만 유주 누나가 모르는 게 있다.

데일리 히어로는 내가 운영하는 곳이라는 점.

사이트에 올라오는 의뢰는 내 도덕적 기준에 어긋나지 않는 한 들어줄 것이라는 점.

그 도덕적 기준은 명백하게 내 잣대로 정해진다는 점.

그리고 이 의뢰는 사이트에 올라온 첫 번째 의뢰라는 점.

그래서 난 유주 누나의 부탁을 들어줄 것이다.

유주 누나는 방금 로또 잡은 거다.

＊　　　　＊　　　　＊

아침 7시에 눈을 떴다.

짧게 샤워를 끝내고 엄마가 차려준 밥을 먹은 뒤 밖으로 나갔다.

시간은 7시 45분.

유주 누나의 아르바이트가 끝나려면 15분이 남았다.

난 편의점이 잘 보이는 맞은편 도로 가로수 나무 뒤에 몸을 감췄다.

정확히 8시가 되기 5분 전에 점장님의 차가 편의점 옆, 주차장 입구로 들어섰다.

그리고 10분 정도가 지나 유주 누나가 편의점에서 나왔다.

유주 누나의 얼굴엔 불안한 기색이 가득했다.

선뜻 발을 떼지 못하고 주변을 먼저 살피는 유주 누나는, 조심스럽게 걸음을 옮기기 시작했다.

난 유주 누나에게서 시선을 떼, 주변 여러 곳을 살폈다.

딱히 유주 누나를 미행하는 사람은 없었다.

그런데 편의점에서 두 블록 떨어진 기사 식당에서 청모자를 푹 눌러쓴 남자가 나왔다.

'청모자!'

그놈인가?

청모자는 이쑤시개로 이를 쑤시며 편의점 쪽을 바라보았다.

그러더니 빠른 걸음으로 유주 누나를 따라가기 시작했다.

'빙고.'

저 녀석이 유주 누나가 말한 스토커, 사채업장 사람이었다.

난 유주 누나를 스토킹하는 청모자를 미행했다.

유주 누나는 대중교통을 이용하지 않고 걸어서 이동했다.

그러고 보니 지금껏 유주 누나의 집이 어딘지도 모르고 있었다.

20분 정도 걸어서 옆 동네로 들어선 유주 누나가 좁은 골목으로 들어섰다.

청모자가 그 뒤를, 내가 청모자의 뒤를 밟으며 똑같이 골목으로 들어갔다.

골목들 양옆으로 쫙 늘어선 집들은 하나같이 허름하기 그지없었다.

유주 누나도 이런 집에서 살고 있었던 모양이다.

골목에 들어서자 유주 누나의 모습은 보이지 않았고 청모자의 뒷모습만 보였다.

길이 워낙 좁고 구불구불하며 어두웠던 탓이다.

청모자의 걸음이 전보다 빨라졌다.

유주 누나가 빨리 걷기 시작한 모양이다.

난 미리 준비한 마스크를 꺼내 착용했다. 손에는 목장갑을 꼈다. 마지막으로 선글라스까지 걸쳤다.

빠르게 걷던 청모자가 갑자기 멈춰 섰다.

그러고서는 어딘가로 전화를 걸었다.

난 청력의 감각을 극대화시켜 녀석의 통화를 엿들었다.

"네, 사장님. 집에 잘 들어갔습니다. 네? 내일요? 알겠습니다. 오늘까지 수금 안 되면 내일 보쌈해 가겠습니다."

말인즉, 돈 안 내놓으면 유주 누나를 내일 납치해 가겠다 이거다.

그런데 이거 어쩌나.

너희한테는 내일이 없을 것 같은데.

톡톡.

인기척을 죽이고 청모자의 뒤로 다가가 어깨를 톡톡 쳤다.

청모자가 기겁하며 뒤로 돌아서는 순간.

퍽!

"……!"

그대로 안면에 주먹을 박아 넣었다.

일그러진 얼굴로 비틀거리던 청모자가 주먹을 말아 쥐고 휘두르려는 순간.

퍼퍽!

다시 안면에 한 방, 명치에 한 방을 때렸다.

"……헉."

청모자는 바람 빠지는 신음을 흘리며 졸도했다.

Chapter 2
친구 대부

기절한 청모자를 들쳐 업고 구름다리 밑으로 향했다.

사람들 시선에 띄지 않기에 여기만큼 좋은 장소가 없다.

청모자를 짐짝처럼 내던졌다.

털퍼덕!

"억!"

땅과 충돌하는 고통에 청모자가 정신을 번쩍 차렸다.

녀석은 놀라서 주변을 살피다가 날 발견하더니 벌떡 일어
나려 했다.

하지만.

픽!

"악!"

내 발길질에 도로 땅을 구르고 말았다.

방금 얻어맞은 턱을 움켜쥐고 파들파들 떠는 청모자에게 다가갔다.

'이런 놈들한테는 매가 약이지.'

주먹밥 먹으며 남 핍박하며 살아온 녀석들은 말로 무언가를 해결하려 보면 안 된다.

그것은 바레지나트와 소라스의 기억 속에서 얻을 수 있는 정보였다.

그 세계에도 지구의 사채업자들처럼 못된 놈들은 충분히 있었다.

그런 놈들을 상대할 때 가장 좋은 건, 일단 때리는 거다.

그놈들보다 월등한 무력을 보여주어 공포로 제압해 버리는 게 최고다.

퍼퍼퍼퍼퍽!

난 청모자의 몸을 구석구석 짓밟고, 걷어찼다.

"으악! 억! 커억!"

청모자는 다채로운 비명을 지르며 몸을 잔뜩 웅크렸다.

하지만 그런다고 아프지 않을까?

내 힘을 얕봤다가는 어디 한 군데 제대로 부러진다.

뻐억!

빠가각!

"끄아아아악!"

바로 이렇게.

청모자는 오른쪽 어깨를 움켜쥐고서 데굴데굴 굴렀다.

난 녀석에게 다가가 다시 걷어찼다.

퍼퍽!

"으악! 아악! 자, 잠깐만!"

여전히 걷어찼다.

퍼퍼퍽!

"아악! 자, 잠깐만요!"

멈추지 않고 걷어찼다.

퍼퍼퍼퍽!

"흐어어엉! 잠시만요! 왜 그러시는 건데요! 제가 잘못했어요! 잘못했습니다!"

사지를 두들겨 맞은 와중에도 무릎 꿇고 용서를 비는 청모자의 태도에 비로소 발길질을 멈췄다.

녀석의 얼굴은 깨지고 터지고 부어오르고 피 칠갑을 해서, 참혹하기 그지없었다.

몸도 엉망이었다.

입고 있는 옷은 이미 걸레짝이 되었다.

어깨는 부러졌고, 전신에 피멍이 들었을 것이다.

정말 딱 이러다 죽겠다는 생각이 들 때까지 짓밟았으니 그럴 만도 했다.

청모자는 나한테 용서를 비는 와중에도 몇 번씩 눈이 뒤로
넘어가려고 했다.

졸도하기 직전인 것을 정신력으로 버티고 있었다.

그대로 졸도하면 정말 죽을지도 모른다는 공포가 스스로
를 지탱하는 것이다.

"이름."

"네?"

퍽!

반문하는 순간 옆구리를 후렸다.

"아악!"

"이름."

"이, 이석호입니다!"

"그래, 석호. 네가 지금 왜 맞는 건지 알겠어?"

이석호는 잠시 생각하더니 고개를 저었다.

"모, 모르겠습니다!"

"더 맞다 보면 기억날 거야."

내가 발을 들어 올리자 석호가 두 손을 올리며 소리쳤다.

"자, 잠깐만요!"

"기억날 것 같아?"

"호, 혹시… 한정태 씨 일 때문에 그러는 건가요?"

한정태?

유주 누나는 한 씨다.

그렇다면 이석호가 말한 이름은 유주 누나의 아버지일 가
능성이 높다.

"보름 가까이 그의 딸 한유주를 따라다녔더군."

이석호가 마른침을 꿀꺽 삼켰다.

"그, 그건… 한정태가 돈을 제대로 갚지 않아서 그냥 경고
삼아 그랬던 겁니다."

"해코지할 생각은 없었고?"

"그, 그럼요!"

이 새끼가 정신 아직 못 차렸네.

"오늘까지 수금 안 되면 내일 보쌈한다며?"

"헉!"

이석호가 헛숨을 들이켰다.

정곡을 찔렀겠지.

이석호는 이제 나를 귀신 보는 보듯 하고 있었다.

"거짓말 한 대가는 치러야지."

퍼퍽!

"끄허!"

내 발이 이석호의 옆구리와 명치를 때렸다.

"끄허어어……."

이석호가 명치를 움켜쥐고 컥컥 댔다.

"이제부터 거짓말하면 어떻게 되는지 잘 알았지?"

녀석이 미친 듯 고개를 끄덕였다.

"정확한 관계는 이야기할 수 없지만 한정태 일가와 나는 가까운 사이다. 이제 네가 맞는 이유를 알겠지?"

이석호는 고개를 끄덕이면서도 쭈뼛거리며 입을 열었다.

"그, 따, 딸내미를 납치하려던 건 잘못했습니다. 그런데 납치해서 어떻게 하려는 의도는 없었고 그냥 겁만 주려는 거였다구요! 게다가 이게 다 한정태가 돈을 제대로 갚지 않아서 벌어진 일입니다!"

"빌린 돈은 천이고 갚은 건 천이백인데 아직 갚아야 할 돈이 이천이라더군. 이게 말이 돼?"

"그, 그건……!"

한 대 더 맞아라.

퍽!

"악!"

이석호의 코가 주저앉았다.

뼈가 부러진 모양이다.

하지만 사람을 납치하려고 했던 놈에게 이 정도는 과한 처사가 아니다.

더 맞아도 시원찮다.

난 이석호의 머리채를 잡아챘다.

그리고 최대한 목소리를 낮게 깔고 물었다.

"네가 일하는 대부업체가 어디냐."

"……."

이석호가 갈등했다.

"말 안 하면 죽는다."

"치, 친구 대부입니다! 제, 제가 안내해 드리겠습니다!"

＊　　　＊　　　＊

나를 안내하는 이석호의 발걸음이 바빠졌다.

녀석은 지금 한시라도 빨리 업장으로 가서 동료들의 도움을 받고 싶은 것이겠지.

하지만 과연 그곳에 도착한다고 안전을 보장받을 수 있을까?

어설픈 속셈이었지만 난 모르는 척 놈을 따라갔다.

이석호가 지나가는 택시를 잡았다. 그리고 앞좌석에 타려했다.

나 몰래 업자들에게 문자를 보내려는 수작이었다.

난 그런 이석호의 뒷덜미를 잡아 뒷좌석에 집어 던졌다. 그리고 옆에 앉아 문을 닫았다.

택시 기사님이 이석호의 꼬라지를 보더니 날 의심스레 쳐다봤다.

나는 이석호의 정수리를 쥐어박았다.

빡!

"악!"

이어 괴로워하는 이석호에게 눈을 부라리며 소리쳤다.

"아무리 사람이 돈을 꿔서 못 갚았다고 해도 그렇지. 그 사람 딸을 인신매매 하려고 해? 그게 할 짓이야? 어!"

"자, 잘못했습니다……."

택시 기사님이 혀를 차며 고개를 절레절레 저었다.

"쯧쯧, 세상이 어찌 되려고."

처음엔 날 째려보던 택시 기사님이 이제는 망신창이가 된 이석호를 째려봤다.

"내가 맘 같아서는 당장 경찰서로 끌고 가고 싶은데 대화로 최대한 대화로 해결해 보고 싶어서 이러는 거야. 업장 어디야! 주소 말해."

이럴 때는 참 영혼들의 퀘스트를 하면서 거칠어진 성격이 도움 된다.

예전의 나였다면 절대 사람을 이런 식으로 대할 순 없었을 것이다.

말투 역시 마찬가지다.

이제 고작 19살인 내가 저런 식의 구수한 말투를 구사하기는 힘들다.

"저, 정랑동 1002-7번지 302호요."

"가주세요, 기사님."

"허이고, 그쪽도 사람 참 좋수."

기사님은 다시 한 번 혀를 차더니 액셀을 밟았다.

　　　　*　　　*　　　*

　목적지에 도착했다.

　우리를 내려준 택시는 빠르게 떠났다.

　업장이 있는 곳은 한적한 대로 주변으로 원룸과 오피스텔
이 제법 늘어서 있는 거리였다.

　이석호는 우리 앞에 우뚝 선 3층짜리 오피스텔 건물로 들
어섰다.

　나도 녀석의 뒤를 따랐다.

　절뚝절뚝 거리면서도 꿋꿋하게 3층에 도착한 이석호가 복
도의 오른쪽으로 꺾어 302호로 다가갔다.

　녀석이 노크를 했다.

　똑똑.

　"누구십니까."

　안에서 걸걸한 음성이 들려왔다.

　"혀, 형님. 저 석호입니다."

　"들어와."

　이석호가 내 눈치를 살피고서 문을 열었다.

　그 순간 난 이석호의 등을 걷어차고 사무실 안으로 들어섰
다.

　퍽!

쿠당탕!

"악!"

단출한 사무실 안에는 여섯 사람이 있었다.

그중 넷이 투박한 소파에 둘씩 마주하고 앉아 자장면을 먹는 중이었다.

한 명은 창가에서 담배를 피웠고, 다른 한 명은 컴퓨터가 놓인 책상에서 키보드를 두들기고 있었다.

그 여섯 사람의 시선이 일제히 이석호에게 향했다가 다시 내게 집중되었다.

꼬라지를 보아하니 대가리는 담배를 태우고 있는 저 거구의 녀석이겠군.

주먹 하나 믿고 뭉친 놈들 사이에서 하극상은 있을 수 없는 일이다.

저렇게 거만한 자세로 아무렇지도 않게 담배를 태우는 걸 보면 사이즈가 나온다.

자장면을 먹던 넷은 똘마니.

컴퓨터 작업을 하던 한 명도 똘마니.

그들 사이의 서열 관계는 어찌 되었든 상관없다.

"뭐야, 이거?"

자장면 먹던 놈들이 벌떡 일어섰다.

대가리도 황당한 시선을 내게 던졌다.

"너 누구냐?"

대가리가 물었다.

"넌 누군데?"

내가 바로 되물었다.

그러자 대가리가 헛웃음을 흘렸다.

동시에 소파에서 일어선 똘마니 넷이 내 앞을 가로막고 섰다.

건물 입구에서부터 여기까지 오는 동안 CCTV는 없었다.

그리고 사무실 안에도 CCTV는 보이지 않았다.

마음대로 설치고서 이 녀석들 입만 다물게 하면 뒤탈이 없을 것이다.

난 내 앞에 선 덩치들에게 경고했다.

"맞기 싫으면 비켜."

"미친 새끼가 어디서……!"

딱 거기까지만.

퍽!

"악!"

더 이상 더러운 말 듣기 싫었던지라 안면을 가격했다.

내 주먹에 얻어맞은 녀석의 머리가 뒤로 꺾였다. 머리를 따라 허리도 꺾였다. 두 다리가 허공으로 붕 떴다. 그리고 이내 등으로 바닥에 떨어졌다.

털썩!

"컥!"

동료 하나가 단 한 방에 제압당하자 나머지 세 놈이 동시에 공세를 펼치려 했다.

하지만 내가 더 빨랐다.

가장 먼저 주먹을 날린 오른쪽 녀석의 정강이를 걷어찼다.

퍽!

"큭!"

녀석의 중심이 무너지며 휘두른 주먹은 허공을 갈랐다. 그 사이 정강이를 때린 내 다리는 놈의 옆구리에 박혔다.

퍼억!

"커헉!"

쓰러지려는 녀석의 머리채를 잡아 들어 내 쪽으로 끌어당겼다.

순간 날 때리려던 다른 두 녀석의 주먹이 그놈의 등을 가격했다.

퍼퍽!

이미 기절하기 직전이었던 놈은 그대로 축 쳐졌다.

난 녀석을 앞으로 확 밀었다.

그러자 다른 두 녀석과 부딪히며 바닥을 굴렀다.

털썩.

바닥에 나자빠졌던 두 놈이 얼른 일어나서 자세를 고쳐 잡으려 했다.

그 순간 난 납작 쪼그려 앉아 오른쪽 다리를 길게 내밀고

왼다리를 축으로 삼아 빙글 돌았다.

타탁!

내게 발목을 가격당한 두 놈은 자세를 잡으려다 말고 다시 무너졌다.

놈들의 명치에 빠르게 주먹 한 방씩을 박아 넣었다.

퍼퍽!

"크헉!"

"컥!"

그놈들은 이내 눈을 까뒤집으며 기절했다.

"히익!"

헛숨 들이키는 소리에 뒤를 살폈다.

이석호가 놀라서 도망치려 하고 있었다.

난 얼른 놈의 뒷덜미를 잡아 컴퓨터 업무를 보던 안경잡이 사내놈에게 던졌다.

쒜애액! 퍼억!

"악!"

"억!"

강하게 부딪혀 한 덩어리로 바닥을 구른 두 놈이 비명을 질렀다.

난 열린 사무실 문을 닫고 잠갔다.

그러자 이석호에게 부딪혔던 안경잡이가 고함을 질렀다.

"이런 씨파알!"

놈은 자기 몸을 깔고 축 쳐진 이석호를 거칠게 걷어내고서 벌떡 일어났다.

그러더니 안주머니에서 칼을 꺼내 들었다.

"너 뭐야, 이 새끼야!"

대가리도 더 이상 두고 볼 수 없었는지 덩달아 칼을 꺼냈다.

"어디서 보냈냐?"

둘 다 나를 뒷세계의 해결사 정도로 생각하고 있는 모양이다.

하지만 난 그쪽이랑 아무 상관도 없는 일반 시민이다.

"보내긴 뭘 보내. 헛소리 하지 말고, 너희가 올래? 내가 갈까?"

이런 녀석들은 일단 제압시켜 놓은 다음 이야기를 해야 한다.

하지만 길게 끌 생각은 없다.

탓!

발을 굴려 앞으로 돌진했다.

순식간에 두 녀석과의 거리가 줄어들었다.

안경잡이가 반사적으로 칼을 휘둘렀다. 하나, 저런 느린 검에 베일 내가 아니다.

데브게니안 대륙의 검사들이 보면 비웃을 게 뻔한 실력이었다.

탁!

검을 든 손목을 낚아채 그대로 꺾었다.

두둑!

"악!"

손목뼈가 부러지며 안경잡이는 칼을 놓쳤다.

이번엔 팔을 잡아 한 바퀴 돌려 팔꿈치를 후렸다.

뻑!

"억!"

팔꿈치 뼈도 부러졌다.

전투불능이 된 안경잡이의 인중을 때렸다.

퍽!

안경잡이는 이번엔 비명도 지르지 못한 채 그대로 쓰러져
기절했다.

남은 건 대가리 하나.

놈은 섣불리 달려들지 못하고서 식은땀을 흘리며 내 눈치
를 살폈다.

손에 들린 칼이 불안하게 허공을 휘저었다.

난 아무것도 하지 않고 그저 놈을 노려봤다.

대가리의 호흡이 점점 거칠어졌다.

녀석도 뻔히 알고 있을 것이다.

내게 상대가 되지 않는다는 걸.

결국 대가리는 내게 덤비기를 포기했는지, 협상을 시도하

려 했다.

"대체 뭘 원하는……."

그전에 너도 한 대 맞아야지.

"낭아권."

쐐애애애애액! 퍼억!

내가 시전어를 말하자 주먹이 무서운 속도로 날아가 대가리의 허벅지를 때렸다.

뻐억!

"……!"

대가리는 놀라서 맞은 부위를 바라보았다.

허벅지 뼈가 완전히 아작 났는지, 오른쪽 다리는 축 늘어져 덜렁거리고 있었다.

마치 자기 것이 아닌 걸 억지로 달고 있는 듯한 모양새였다.

"으… 으아아아아!"

대가리가 뒤늦게 비명을 지르며 넘어졌다.

난 손날로 그런 대가리의 후두부를 쳐 기절시켰다.

2라운드는 깨어나면 시작하자고.

[시원시원하군.]

머릿속으로 카시아스의 텔레파시가 전해졌다.

뭐야? 이 녀석 또 몰래 날 따라왔던 모양이군.

투명화 마법을 시전한 채 건물 어딘가에 있는 듯하다.

[그런 녀석들한테는 사정을 봐줄 필요가 없지.]

[그래서 조져놓은거야.]

[그런데 지구에서 일을 이렇게 해결해도 뒤탈이 없겠어?]

[없도록 해야지. 보고만 있어.]

난 기절한 대가리의 옆구리를 걷어찼다.

그러자 녀석이 몸을 잔뜩 웅크리며 눈을 떴다.

"크헉……!"

대가리가 화들짝 놀라 일어나려다가 오른쪽 허벅지를 움켜쥐고 비명을 질렀다.

"으악!"

난 그런 대가리의 목을 움켜쥐었다.

"큽!"

"소리치면 이거 꺾어버린다."

대가리는 공포에 질려 고개를 끄덕였다.

난 대가리의 목을 놓고서 말했다.

"일단 확실하게 해둘 게 있다. 난 어디에서 보낸 사람도 아니야. 누군가의 사주를 받아서 움직이는 놈도 아니고. 그러니까 지금 너희들이 막 막거나 회유시킬 방법은 없어. 협상이나 거래로는 지금 당장 부러질지도 모르는 네 모가지를 지킬 수 없다는 말이야. 알아들어?"

대가리가 빠르게 고개를 끄덕였다.

"난 오로지 내 감정과 내 이성, 내 판단, 내 생각에 따라서

만 움직인다. 그런데 너희들이 내가 아는 가족을 건드렸어.”

“누, 누구를……?”

“한정태.”

“아……!”

대가리가 눈을 크게 떴다.

“내가 알기로 이미 원금 이상의 돈을 갚았는데, 여전히 남은 빚이 터무니없더군.”

“그, 그건… 법에 걸리지 않는 정확한 금리로 그렇게 된 거고… 한정태가 애초에 밀리지 않고 돈을 갚았다면 이런 일은…….”

이놈도 이석호랑 똑같은 소릴 지껄이는 군.

아직 정신 못 차렸단 얘기지.

퍽!

그대로 조잘거리는 입을 때렸다.

“읍!”

대가리의 입에서 앞니 두 대가 튀어나왔다.

“내, 내 이빨……!”

“나머지도 다 털어줘?”

대가리가 고개를 절레절레 저었다.

“계약서 가져와.”

한쪽 허벅지가 아작 나서 제대로 서지도 못하는 대가리였다.

하지만 이대로 내 말을 거역했다가는 죽을 것 같았는지 안 간힘을 써서 일어났다. 그리고는 책상을 짚으며 겨우 버텼다.

대가리가 끙끙 앓는 소리를 내면서 잠긴 캐비닛을 열고 계약서 뭉치를 꺼냈다.

그것을 한참 뒤적이다가 하나를 내게 내밀었다.

유주 누나 아버지의 계약서였다.

난 그것을 당장 갈기갈기 찢었다.

대가리의 눈에 아깝다는 기색이 살짝 스쳐 지나갔다.

제 목이 왔다 갔다 하는 와중에도 돈 생각을 하다니, 대단한 수전노가 아닐 수 없었다.

계약서는 이제 그저 수조각난 종잇장에 지나지 않았다.

난 그 종이 더미를 한손에 쥐고서 대가리의 코앞에 가져갔다.

그리고 시전어를 말했다.

"라이트."

순간 아무것도 없던 허공에 번갯불이 번쩍이더니 내 손 위에 있던 종이들을 까만 재로 만들었다.

"허억!"

이를 본 대가리가 놀라 뒤로 자빠졌다.

쿠당탕!

"으어억!"

제풀에 자빠졌다가 으스러진 허벅지를 부여잡고 꺽꺽대는

대가리의 모습이 우스꽝스러웠다.

"똑바로 앉아."

대가리가 억지로 고통을 참으며 바로 앉았다.

"방금 뭐가 어떻게 된 건지 두 눈으로 똑똑히 봤을 거야. 그렇지?"

"네… 네."

대가리는 내가 시키지도 않았는데 알아서 말을 높였다.

완전히 제압당했다는 뜻이다.

"한 번 더 보여줄까?"

난 대가리의 몸을 가리키며 시전어를 말했다.

"라이트."

순간 내 손 끝에서 생성된 전기가 앞으로 날아가 대가리를 감전시켰다.

파지직! 파직!

"크허억! 어어억……!"

대가리는 눈물 콧물을 줄줄 흘리며 몸을 떨어댔다.

하지만 죽을 염려는 없다.

딱 고통스러울 정도로만 뇌전의 세기를 조절했기 때문이다.

"크흐… 크흐으으……."

겨우 충격에서 벗어난 대가리가 닭똥 같은 눈물을 쏟아부었다.

"이름이 뭐냐."

내가 묻자 대가리가 황급히 대답했다.

"조, 조철희입니다."

"조철희. 그 이름이 다시 내 귀에 들어오는 날 넌 죽는다. 알아들어?"

"네, 네!"

"방금 내가 뭘 하는지 봤지? 너 따위 놈 쥐도 새도 모르게 태워 죽이는 건 일도 아니야."

"아, 알고 있습니다!"

"오늘 본 거 어디 가서 떠들어대고 싶으면 그렇게 해. 아무도 네 말 믿어주지 않을 테니까."

사람이 갑자기 번개를 만들어 쏴댄다고 하면 과연 누가 믿을 것인가?

그 말 한 사람을 정신이상자로 볼 것이다.

"또 하나. 경찰에 신고하고 싶어도 그렇게 해. 그런데 확실한 건 난 잡혀 들어가도 얼마든지 자력으로 빠져 나올 수 있다는 거야."

말을 마치며 주먹을 말아 쥐고 대리석 창틀을 겨냥했다.

"낭아권."

시전어와 동시에 주먹이 쏘아져 나가 창틀을 가격했다.

콰아앙!

내 주먹에 얼어맞은 창틀은 그 자리에서 수십 조각이 나 사방으로 비산했다.

그중 한 조각이 대가리의 뺨을 스치며 긴 상처를 냈다.

대가리가 흘러내린 피를 닦을 생각도 못한 채 턱을 달달 떨었다.

"경찰에서 날 찾아오는 순간, 네 머리도 저 꼴 나는 거야. 알았어?"

"…네."

대가리는 반쯤 넋이 나가 있었다.

이렇게까지 했으니 이제부터 절대 뒤탈이 없을 것이다.

"깔끔하게 계산 끝난 거다. 한정태 일가 건드리지 않으면 앞으로 우리 사이에 얼굴 볼 일 없을 거야. 너도 그게 좋지?"

"네……"

"그리고 한정태 씨한테 연락 넣어. 이제 남은 빚 갚지 않아도 된다고. 다른 사람이 다 청산해 줬다고. 알았냐?"

"그, 그렇게 할게요."

"간다. 적당히 설치면서 살아라."

난 마지막으로 사무실에 있던 컴퓨터 두 대의 본체를 모두 집어던져 망가뜨린 다음 밖으로 나왔다.

그것으로 첫 번째 의뢰는 완료되었다.

Chapter 3
두 번째 의뢰

친구 대부를 작살 낸 다음 날.

학교를 파하고 편의점으로 향했다.

이번 일은 선행이 확실했지만, 아직 링크가 적립되지 않았다.

그 말은 아직 조철희 이 자식이 유주 누나 아버지한테 전화를 하지 않았다는 얘기다.

선행의 법칙은 이렇다.

누군가가 바닥에 떨어져 있는 쓰레기를 보고 누군가 주워 주기를 원했다.

그런데 그 누군가는 그런 생각만 하고 그 장소를 떠나 버렸다.

한 시간 뒤, 내가 그곳에 도착해서 쓰레기를 치우면 선행 포인트가 올라간다.

그가 바라던 일을 해결해 주었기 때문이다.

즉, 일의 해결을 원한 당사자가 그 자리에 없어도, 내가 해결했다는 사실을 몰라도, 어찌 되었든 간에 선행을 한 것이 확실하면 링크가 적립된다.

따라서 조철희가 유주 누나의 아버지한테 이제 더 이상 빚을 갚지 않아도 된다고 알리는 순간 1링크가 내게 적립될 테고, 그 사실을 다시 유주 누나의 어머니와 유주 누나가 알게 되면 2링크가 추가 적립될 것이다.

하지만 아직까지는 잠잠했다.

뭐, 조철희 그놈도 심하게 당했으니 엉망이 된 걸 수습할 여유는 줘야 하겠지.

현재 내가 적립한 링크는 74링크.

어제 오늘 선행을 해서 얻은 것과 일전에 백설우를 구해주면서 찍힌 유튜브 동영상을 통해 들어온 링크를 합친 것이다.

그리고 오후 편의점 알바를 하며 곤란해하는 손님 다섯을 더 도와준 뒤, 총 79링크를 적립했다.

이제 슬슬 유주 누나와 교대할 시간이었다.

딸랑.

10시가 되기 5분 전에 유주 누나가 편의점으로 들어섰다.

여전히 얼굴은 어두워 보였다.

그러나 누나는 애써 괜찮은 척 미소 지으며 내게 인사를 건넸다.

"지웅아, 안녕."

"왔어요, 누나."

"응. 포스에 정산 다 해놨니?"

"네, 루즈 나는 돈 없어요."

"고생했어. 그만 가봐."

"진호 형 올 때까지 있을게요."

그런데 그때였다.

딸랑.

호랑이도 제 말하면 온다더니 진호 형이 문을 열고 들어섰다.

늘 그렇듯이 진호 형은 인사를 하는 둥 마는 둥 하며 사무실로 들어가 버렸다.

"어라? 웬일이래?"

평소에는 늘 십 분 정도 지각하는 진호 형이었다.

예외는 없었다.

눈이 와도, 비가 와도 무조건 십 분 지각이다.

이제는 지각하는 게 진호 형의 트레이드 마크가 되어버렸을 정도였다.

그런데 오늘은 유주 누나랑 비슷하게 오 분 일찍 출근했다.

사무실로 들어간 진호 형이 유니폼을 걸치고 나왔다. 그런데 자기 것만 걸치고 나온 게 아니었다. 유주 누나의 것도 가지고 와서는 무심하게 건네주었다.

"입어라."

"고마워요, 오빠."

유주 누나가 유니폼을 받아 입었다.

진호 형은 아무 일도 없었다는 듯 핸드폰을 켜고 게임에 열중했다.

갑자기 왜 저러지?

무슨 심경의 변화라도 생긴 걸까?

유주 누나도 갑작스런 진호 형의 태도가 적응이 안 되는지, 어리둥절한 얼굴이었다.

"그럼 가볼게요."

진호 형이 왔으니 더 이상 내가 남아 있을 이유는 없었다.

"어, 어 그래, 지웅아. 잘 가~"

유주 누나의 인사를 받으며 난 편의점에서 나왔다.

*　　　*　　　*

집에 들어와 샤워를 하고 잠자리에 들기 위해 누웠다.

눈을 감고 있자니 곧 수마가 몰려들었다.

의식은 꿈과 현실의 모호한 경계를 부유하고 있었다.

그때 몽롱한 정신을 부드럽게 두들기며 익숙한 음성이 들려왔다.

띠링!

—악랄한 사채업자들한테 시달리고 있던 유주 씨의 일가를 도와주셨네요. 세 분 모두 조철희의 연락을 받고 기뻐하는 중이랍니다. 수고 많았어요~ 선행을 쌓아 3링크가 주어집니다.

난 나도 모르게 미소 지으며 잠이 들었다.

*　　　*　　　*

다음 날 일어나자마자 홈페이지에 접속했다.

혹시라도 새로운 의뢰가 들어왔을까 싶어서였다.

개인적으로는 조금 소소한 의뢰가 들어왔으면 하는 바람이다.

유주 누나의 의뢰처럼 스케일이 큰 건은 촬영을 해서 사이트에 올릴 수 없기 때문이다.

내가 대부 업체에 쳐들어가서 깽판 부리는 걸 만천하에 알릴 수는 없잖은가?

그 목적은 선행이지만 행위 자체는 엄연한 불법이다.

그러니 작은 선행을 요하는 글들이 많이 올라와야 한다.

그래야 동영상을 찍어 사이트를 홍보할 수 있었다.

하지만 여전히 의뢰 게시판엔 오직 유주 누나의 글만 덩그러니 올라와 있을 뿐이었다.

사이트 카운트의 수치는 33.

여태껏 데일리 히어로 사이트를 33명이 방문했다는 뜻이다.

하지만 의뢰 건수는 0.

"처음엔 다 그런 거지, 뭐."

스스로를 달래고서 사이트를 닫으려 했는데, 후기 게시판에 'N'이 하나 떠 있었다.

'N'은 'New'의 약자다.

즉 새로운 글이 올라왔다는 뜻이다.

얼른 후기 게시판을 클릭했다.

그러자 익명의 누군가가 쓴 글이 올라와 있었다.

물론 후기 게시판에 글을 올릴 사람은 단 한 명밖에 없었다.

유주 누나였다.

비밀 글의 제목은 '감사합니다'였다.

제목을 누르니 유주 누나가 작성한 글이 나타났다.

[안녕하세요.

솔직히 제가 이 사이트에 다시 글을 올리게 될 줄은 몰랐네요.

그럴 거라고는 상상도 하지 못했죠.

말 그대로 요행이라도 바라는 심정, 지푸라기라도 잡는 심정으로 글을 올렸었으니까요.

그런데 신기하죠?

이 사이트에 글을 올린 다음 날 거짓말처럼 모든 일이 해결되었어요.

마치 제 인생에 신기한 마법이라도 벌어진 것 같아요.

모든 게 꿈 같고 동화 속 이야기 같아요.

어쩜 이리 한순간에 답 안 나오던 상황이 정리될 수 있는 걸까요?

물론… 이 사이트의 관리인 되시는 분께서 해결해준 것이 아니라는 건 알아요.

하지만 왜… 그런 거 있죠?

별똥별이 떨어질 때 소원을 빌면 이루어지는 것 같은 그런 기분.

이 사이트가 저한테는 꼭 별똥별 같아요.

사이트에 소원을 빌었더니 바로 이루어졌잖아요.

어떻게 된 건지는 잘 모르겠지만 이제 더는 사채 빚 때문에 걱정하지 않아도 되게 됐어요.

고마워요.

사이트 번창할 수 있도록 제가 주변 사람들한테 많이 홍보해
드릴게요.

별똥별 같은 그런 사이트가 있다고 말이에요.

하시는 일 번창하시고 늘 건강하세요.]

글은 그렇게 끝을 맺었다.

유주 누나는 내가 한 일일 거라고 꿈에도 생각 못 하겠지.

"아무튼 잘 해결되었다니 됐네."

하루의 시작이 참 뿌듯하구나!

＊　　　＊　　　＊

시간은 빠르게 흘렀다.

어느덧 11월의 마지막 날이 지나가고 12월 1일이 되었다.

편의점은 예정대로 그만두었다.

선행은 매일같이 눈에 보이는 대로 쌓는 중이다.

하지만 이렇다 할 것이 없어 촬영을 하지 못했다.

데일리 히어로 사이트의 누적 방문자 수는 삼백이 넘어갔
다.

그중 한 명 정도는 의뢰를 남길 법도 한데 그저 잠잠하다.

12월의 첫째 날은 새로운 월요일이었다.

오전 수업을 마치고 상덕이와 함께 버스 정류장으로 가는 길.

버릇처럼 스마트 폰으로 데일리 히어로 사이트에 접속했다.

'이번에도 똑같겠지.'

그런 생각으로 게시판을 열었는데 그게 아니었다.

새로운 글 하나가 올라와 있었다.

제목은 '도와주세요' 였다.

다소 밋밋한 제목을 터치했다.

화면이 바뀌며 누군가가 도움을 요청하는 글이 나타났다.

[안녕하세요, 저는 춘천 사는 스무 살 여자예요.

여기에 첫 번째 의뢰를 올린 친구가 추천해 줘서 접속했어요.]

유주 누나의 친구?

"우와!"

나도 모르게 감탄이 터졌다.

유주 누나가 그냥 하는 말인 줄 알았는데 정말로 사이트 홍보를 해준 모양이다.

"뭐야? 야동 보냐?"

상덕이가 상기된 얼굴로 내 스마트 폰을 들여다봤다.

이 자식아, 아무리 그래도 그렇지, 내가 스마트 폰에 야동을 넣어놓고 길거리 걸어 다니면서 보겠냐?

상덕이는 야동이 나오지 않는 것을 확인하자 심드렁한 얼굴로 고개를 돌렸다.

"에이, 난 또."

이런 한심한 자식 같으니라고.

"야동이랑은 비교도 안 되게 좋은 걸 보고 있잖아, 지금."

"뭔데?"

"홈페이지에 두 번째 의뢰가 올라왔어."

"또 첫 번째 의뢰처럼 허무맹랑한 거 아니야?"

나는 상덕이에게 첫 번째 의뢰에 대한 모든 것을 털어놓았다.

적어도 동업을 하는 친구에게 만큼은 사실대로 말하는 게 좋을 것 같았기 때문이다.

게다가 내가 굳이 말을 하지 않아도 상덕이는 얼마든지 홈페이지에 접속해서 의뢰 글과, 후기 글을 읽을 수 있는 권한이 있었다.

때문에 거짓말 같은 건 통하질 않았다.

물론 내가 의뢰를 해결했다고는 말할 수 없었다.

들어온 의뢰에 대해서는 사실대로 말하겠으나 내 능력에 대해서는 사실대로 말할 수 없기 때문이다.

"야, 사실 그거 요행히 일이 잘 풀린 거잖아. 물론 데일리 히어로가 공짜로 의뢰를 해결해 주는 사이트라고 하지만 어떻게 사채업자 건을 해결해 달라고 할 수가 있냐?"

상덕이도 유주 누나가 올린 후기 글을 읽어본 상태다.

그래서 내가 그 일을 해결했다고는 생각하지 못했다.

"어쨌든 잘 풀렸으니 된 거잖아."

"하여튼 뻔뻔한 사람들 많다니까."

"그래도 자기 친구들한테 사이트 소개시켜 줘서 새로운 의뢰 들어왔으니 이득이지."

"어? 지금 그 의뢰 첫 번째 의뢰인 친구한테서 올라온 거야?"

"응."

"올~ 이득이네? 이번엔 뭐해 달래? 같이 읽자!"

상덕이가 얼굴을 쑥 들이밀었다.

윽, 이 자식이 아침에 머리도 안 감았나?

난 상덕이의 악취를 겨우 참아가며 의뢰 글을 읽었다.

[우리 아버지는 일용직 노동자세요. 제가 여기 글을 올렸던 친구랑 알게 된 것도, 아버지끼리 공사 현장에 나가 친분을 맺게 되었기 때문이죠.

어찌 되었든 그 친구는 제법 믿을 만한 친구인지라 이 사이트 얘기를 듣고 이렇게 의뢰 글을 적어요.

음… 친구는 여기가 별똥별 같은 사이트라고 했어요.

소원을 빌면 기적이 일어나서 해결되는 그런 곳이라구요.

물론 그 말을 곧이곧대로 믿지는 않아요.

그런데 저도 그 친구처럼 혹시나 하는 마음에 글을 올려요.

제가 의뢰하고 싶은 건 이번 주 토요일에 아버지 대신 일터에 나가달라는 거예요.

그날은 우리 아버지 생신이시거든요.

그런데 아버지랑 저는 둘이서 빠듯하게 살아가고 있어요.

그래서 그날도 분명 일을 나가겠다고 하실 게 분명해요.

아버지는 평소에도 휴일 없이 일을 하세요.

때문에 생일 하루만큼은 쉬면서 저랑 같이 있었으면 좋겠어요.

생신 상 차려 드리려고 어떤 요리를 해야 할지 인터넷에서 레시피도 다 뽑아놨거든요.

우리 모녀의 행복한 하루를 위해 아버지 대신 일터에 나가 주시면 안 될까요?

그리고… 참 염치없는 부탁이지만 아버지가 일터에 나가는 이유는 돈 때문이니까, 그 돈도 아버지한테 드리면 안 될까요?

죄송해요, 처음부터 끝까지 염치없어서요.

그래도 그냥 별똥별 같은 사이트라니 이렇게 솔직한 속내를 적어봐요.

혹시 정말 사이트 관리인께서 일을 해결해 주시는 거라면 토요일 새벽 여섯 시까지 다산 인력 사무소로 가셔서 지동택 씨 대신 왔다고 하시고, 돈은 다음 날 지동택 씨한테 드리면 된다고 해 주셨으면 좋겠어요.

그럼 즐거운 하루 되세요.]

"뭐야? 자기네 아빠가 할 노가다 대신 뛰고 돈도 받지 말아 달라고? 완전 어거지네?"

"어떻게 보면 어거지일 수도 있지. 그런데 내가 만든 사이트의 취지 자체가 이런 걸 부탁하는 곳이잖아. 이건 다 투자야, 투자."

"진짜 하려고?"

"이런 게 정말 사이트 홍보에 도움 되는 의뢰라니까."

"그런가?"

"그래. 너는 토요일날 나 따라와서 동영상이나 제대로 찍어."

"알았어."

상덕이는 알았다고 했으나 여전히 반신반의하는 얼굴이었다.

믿어라, 자식아.

난 의뢰 글에 바로 댓글을 달았다.

[의뢰 접수되었습니다. 토요일날 의뢰인의 아버지 대신 다산 인력 사무소로 나가서 일을 하고, 돈은 사무실에 맡겨놓겠습니다. 다만 의뢰를 해결하는 작은 대가를 받아야 합니다. 의뢰인께서는 이 일이 잘 해결될 경우 후기란에 전체 공개로 후기 글을 하나 남겨주셨으면 합니다. 그게 제가 원하는 대가입니다. 댓글을 보시면 답 댓글 부탁드리겠습니다.]

후기 글이 올라와야 사람들이 이 사이트에 대한 신뢰를 쌓을 테니까, 이건 중요하다.

유주 누나는 개인적 사정이 많이 드러나기에 비공개로 후기를 올렸다.

그러나 이번 의뢰의 후기는 얼마든지 오픈해도 괜찮을 만한 것이었다.

게다가 후기 글 역시 익명으로 올라가니 의뢰인에게 부담이 없다.

"근데 지웅아."

"응?"

"이제 12월달인데 월급은 언제 줘?"

"너 지난달 말쯤에 첫 월급 받았지?"

"응."

"그럼 이번 달에도 말경에 월급 나가지 않겠냐?"

"아, 그런가?"

"그래도 너니까 10일날 챙겨줄게. 앞으로 월급은 매달 10일날 보낸다고 생각해라."

"역시! 내가 너 그릇 큰 놈이라는 거 진작부터 알고 있었지!"

하여튼 단순한 녀석 같으니라고.

상덕이와 잡담을 나누며 버스 정류장에 도착했다.

버스에 올라타서 다시 홈페이지에 접속했다.

그런데 그새 댓글 하나가 새로 달려 있었다.

[어? 이거… 정말이에요? 진짜예요? 가짜 아니죠? 몰래카메라 그런 거 아니죠? 그렇게만 해주신다면 얼마든지 후기 글 올려 드릴게요! 감사합니다! 정말 감사합니다!]

오케이.

의뢰 접수됐다.

＊　　　＊　　　＊

토요일.

난 약속했던 대로 6시까지 다산 인력 사무소로 갔다.

인력 사무소엔 일거리를 기다리는 인부들 몇몇이 이미 와서 기다리는 중이었다.

난 사무소장으로 보이는 오십 대 아저씨에게 다가가 여기 오게 된 사정을 말했다.

그러자 사무소장은 선글라스를 끼고 마스크를 한 내 행색에 사뭇 미간을 찌푸렸다.

"지동택 씨 대신 나왔다구?"

"네."

"그런데… 왜 얼굴을 그렇게 꽁꽁 싸매고 있어?"

"제가 얼굴에 화상을 심하게 입어서요."

"선글라스 끼고 일 제대로 할 수나 있겠어?"

"성인 세 명분의 일은 충분히 할 겁니다."

"흐음……."

사무소장은 믿기 힘들다는 눈치였지만 이내 고개를 끄덕였다.

"알았어. 십 분 뒤에 봉고차 올 테니, 그거 타고 가."

"아, 그리고."

"그리고 뭐?"

"오늘 제 일당은 가지고 계시다가 지동택 씨한테 건네주십시오."

"뭐? 지금 무료 봉사 하겠다는 거야?"

"신세 진 일이 있어서 그렇습니다."

"그렇게 해달라니 그러겠지만… 지동택 씨 오늘 무슨 일 있는 건가?"

사무소장은 뒤늦게 지동택 씨의 사정이 궁금한 모양이었다.

"오늘이 지동택 씨 생신입니다."

"생일이라고?"

"네. 지동택 씨 따님께서 아버지 생일을 꼭 챙겨 주고 싶다 하시더군요."

"허허허, 그 양반 효녀 뒀네, 효녀 뒀어. 아무튼 알았어. 이따 봉고차 타면 지동택 씨 대신 나왔다고 얘기해. 지동택 씨는 그거 하루 일하고 끝나는 게 아니야. 지동택 씨 장기 인부로 공사 현장 가는 거거든. 알았어?"

"알겠습니다."

난 사무소장에게 인사를 하고 사무실에서 내려왔다.

밖에서 조금 기다리니 봉고차 한 대가 건물 앞에 섰다.

그 무렵 사무실에서 봤던 다른 인부들 셋이 내려와서는 봉고차에 올라탔다.

나도 그들을 따라 봉고차에 몸을 실었다.

차 안에는 우리 네 사람 말고도 두 사람이 더 있었다.

봉고차 운전수는 가타부타 말도 없이 바로 출발했다.

인부들 사이에는 간단히 오가는 인사 말고 아무런 대화도 없었다.

삭막한 기운이 차 안 가득 퍼졌다.

이들도 지동택 씨처럼 장기 인부들일 테고 그러면 제법 얼굴을 익힌 사이일 텐데 왜 이렇게 서먹한가 싶다.

어찌 되었든 봉고차는 열심히 달렸다.

그리고 목적지에 도착해서 우리를 내려주었다.

*   *   *

내가 도착한 공사장은 3층짜리 건물을 짓는 중이었다.

쌓아 올려진 뼈대를 보아하니 원룸 건물을 만드는 모양이었다.

물론 내가 건축 전문가가 아니니 그저 짐작일 뿐이었지만.

공사장에 도착해 안전모를 쓰고 바로 일에 착수했다.

다들 베테랑처럼 자신이 해야 할 일을 알아서 찾아 했다.

그러나 초짜인 나는 뭘 해야 하는지 몰라 머뭇거리다가 작업반장의 눈에 띄었다.

"어이!"

도사견을 닮은 작업반장은 땅딸한 키에 다부진 몸을 가지고 있었다.

가뜩이나 얼굴에 주름이 가득한 그가 미간을 더욱 구기며 날 노려봤다.

"네?"

"언제까지 멍청하게 있을 거야! 너 머저리야?"

뭐지, 이 사람?

초면에 말을 너무 거칠게 하네?

"아니… 오늘 처음 나오는 거라 뭘 해야 하는지 모르겠어서요."

"뭐? 내가 초짜들은 되도록 보내지 말라고 했는데. 너 어디에서 보냈어!"

"그게 아니라. 원래 오시던 분이 사정이 생겨서 제가 하루 대타 뛰기로 했습니다."

"대타? 웃기고 자빠졌네! 대타 뛰는 놈 새로 가르치려면 그만큼 작업 늦어지는 거 몰라? 이게 언제까지 완공돼야 하는 건지 알아?! 완공일 못 맞추면 내가 받은 돈 뱉어내야 하게 생겼는데 네가 책임질 거야? 어?"

작업반장은 짧은 시간 동안 숨도 쉬지 않고 악을 써댔다.

그러고서는 제 풀에 약이 올라 얼굴이 시뻘게져서 씩씩거렸다.

원래 공사판 분위기가 다 이런 건가?

아니면 저 사람만 이 모양인 거야?

생각 같아서는 뭐라고 한마디 하고 싶었지만, 혹시라도 나중에 지동택 씨한테 해코지를 할까 봐 그럴 수도 없었다.

"벌써 너한테 한마디 하느라고 몇 분을 낭비했는지 알아!?"

많아봤자 겨우 2, 3분이나 지났겠다.

"이게 뭐하는 짓이냐고!"

나야말로 되묻고 싶다.

"에이 염병할!"

작업반장이 안전모를 벗어서 바닥에 집어 던졌다.

난 그것을 들어 다시 작업반장에게 내밀었다.

그러자 작업반장이 눈을 희번덕거렸다.

"지금 뭐하는 거야?"

"네?"

"나한테 반항하는 거야?"

"아니요… 공사판에서 안전모 안 쓰면 위험하니까… 다시 주워드린 건데요."

"하… 이 새끼 봐라?"

작업반장이 내 손에 들린 안전모를 탁 쳤다.

제 딴에는 내가 안전모를 놓칠 거라 생각한 모양이다.

하지만 내 악력은 보통이 아닌지라 안전모가 멀쩡히 들려 있었다.

그 덕분에 되레 작업반장의 손만 봉변을 당하게 됐다.

"익!"

작업반장은 아픈 손을 주무르더니 버럭 소리쳤다.

"아니 뭐 이런 새끼가 다 있어! 그러고 보니 이 새끼 선글라스를 끼고 있네? 너 제정신이야!"

"얼굴에 화상 자국이 있어서 꼈습니다."

"그따위 차림으로 제대로 일할 수 있겠냐고!"

점점 화가 치밀어 오른다.

의뢰고 나발이고 그냥 확 다 뒤집어엎을까 하던 그 순간.

"아이고, 김 반장님 왜 이러세요."

나랑 같이 봉고차를 타고 왔던 인부 중 한 명이 작업반장의 앞을 가로막고 섰다.

"한 씨! 비켜! 내가 오늘 저 새끼 제대로 손봐줘야겠어!"

"그럴수록 작업 시간만 더 늦어져요. 제가 책임지고 교육시킬 테니까, 화 푸세요."

한 씨의 만류에 날 씹어 죽일 듯 노려보던 작업반장이 한 번 봐준다는 듯 물러섰다.

그러자 한 씨가 내게 물었다.

"이봐, 신참. 여기서는 저 사람이 갑이야. 무조건 저 사람 말에 네네 해야지, 괜히 토 달고 그랬다가는 영영 쫓겨나는 수가 있어."

"그래도 이건 좀 너무한 거 아닙니까?"

"너무하다니? 일만 있으면 똥밭에서라도 구를 판이야. 요즘 경기가 얼마나 안 좋은지 몰라서 그래? 이렇게 욕먹으면서라도 일할 수 있으면 그나마 다행이지. 이런 일도 못 잡은 사람들이 수두룩하다고. 신참, 동택 씨 대리로 나왔다 그랬지? 그럼 잘해. 괜히 동택 씨 다음 날 끼니 걱정해야 하는 입장 만들지 말고. 알겠지?"

"…네."

우선은 그냥 알겠다고 대답하는 수밖에 없었다.

"오늘은 내가 시키는 것만 꾸준히 해. 그러면 돼. 힘은 좀
써?"

"네."

"잘됐네. 별다른 기술 없을 테니까 잡부 일만 열심히 해."

그러면서 한 씨는 내게 벽돌을 지고 나르게 했다.

작업반장은 공사장 곳곳을 돌아다니며 인부들에게 쉴 새
없이 험한 폭언을 퍼붓고 있었다.

Chapter 4
작업반장 김 씨

봉고차를 탔을 때 감돌던 그 싸한 분위기의 원인을 알았다.

작업반장 김 씨 때문이었다.

여기서 일한 지 딱 한 시간이 지나가는 동안 작업반장은 인부들을 자신의 종처럼 대했다.

인격 모독적 발언도 서슴지 않았고 육두문자는 숨 쉬는 것처럼 내뱉었다.

인부들도 사람이다.

그들도 감정이 있다.

화를 내지 않는다고 모든 걸 수용하는 건 아니다.

그저 참고 있을 뿐이다.

그렇다 보니 공사판에 나오는 발걸음이 가볍고 즐거울 리 없을 것이다.

속에서는 열두 번도 더 김 반장을 혼쭐내 주고 싶은 나였지만, 지동택 씨 대신 나온지라 그럴 수가 없었다.

다른 인부들 역시 화를 꾹꾹 참아가며 일하는 게 티가 났다.

그렇게 불편한 시간이 흘러 점심때가 되었다.

"식사 사십 분 내로 끝냅시다!"

김 반장이 말했다.

인부들은 오만상을 찌푸렸지만 항의하는 이는 한 명도 없었다.

다들 근처 식당으로 향했다.

다행히 김 반장은 같은 식당에 오지 않았다.

인부들은 식당에서 가장 빨리 되는 음식을 달라고 했다.

그러다 보니 메뉴는 저절로 통일이 되었다.

같은 식당에 들어선 인부는 총 열두 명.

네 명씩 세 테이블에 앉았다.

나온 메뉴는 김치찌개 전골.

한 테이블에 전골 하나씩이 놓였다.

한 씨는 내 옆에 앉아서 식사를 했다.

난 선글라스는 여전히 착용한 채로 마스크만 벗었다.

다들 열심히 밥을 먹는데 나는 김 반장의 행태에 약이 올라

밥이 잘 넘어가지 않았다.

그러자 한 씨가 밥을 먹다 말고 내 어깨를 툭툭 쳤다.

"열 받아도 일단 먹어. 그래야 힘을 쓰지."

"아무리 그래도 너무하네요."

"어차피 그쪽은 동택 씨 대신 하루 뛰고 가는 거잖아. 그러니까 나 죽었소 하고 참아."

"하지만……."

"괜히 자네 하나 날뛰었다가 분위기 험악해지면 여기 있는 모두가 불편해."

난 식사하고 있는 인부들을 바라보았다.

다들 암묵적으로 동의하는 분위기였다.

"니미럴! 이래서 공부 열심히 해야 서러운 꼴, 더러운 꼴 안 당한다는 거야!"

저 끝 테이블에서 그새 밥 한 공기를 싹 비운 박 씨가 투덜댔다.

"내 새끼는 지 애비처럼 살게 하지 않으려고 무지하게 공부시키고 있다고, 내가. 그런데 공부도 돈 없으면 못 해요. 그래서 일을 쉴 수가 없어."

그러자 옆에 있던 이 씨도 한마디 거들었다.

"사실 말이야 바른말이지. 지렁이도 밟으면 꿈틀 한다는데, 뭐 나는 배알이 없어서 이러고 있나? 내가 멸시당해서 돈 벌어가지고 내 새끼 공부 잘 시켜야, 그놈이 커서 이런 멸시 안 당할 거 아니야?"

다들 그 말에 고개를 끄덕였다.

하지만 난 그럴 수가 없었다.

이건 잘못된 것이고, 잘못된 건 고쳐야 한다.

물론 그들의 입장에서 달리 할 수 있는 일은 없겠지만, 나는 다르다.

이 상황을 개선시킬 힘이 있다.

문제는 그 힘을 어떻게 사용해야 다른 인부들에게, 그리고 지동택 씨에게 피해가 가지 않느냐 하는 것이다.

조금 전까지만 해도 대충 하루만 때우고 가려 했었다.

한 씨 말처럼 괜히 나섰다가 일이 더 꼬이면 빈대 잡으려다 초가삼간 태우는 꼴이 되기 때문이다.

그런데 이제는 그럴 수가 없었다.

김 반장을 어떻게든 정신 차리게 만들어야 마음이 편할 것 같다.

모르면 모르고 살았겠지만, 알고 나서 그냥 이대로 돌아가기란 힘들었다.

'어떻게 하는 게 좋을까?

밥을 먹는 둥 마는 둥 하며 깊은 생각 속에 빠져들었다.

그러는 사이 다른 인부들의 식사가 끝났다.

난 밥을 반 이상 남기고서 일어났다.

한 씨가 그런 내게 물었다.

"그래서 쓰겠어? 허기지면 힘이 안 날 텐데."

"괜찮아요."

한 씨는 주머니에서 초코바 하나를 꺼내 내게 주었다.

"이거라도 먹어. 그러다가 쓰러져, 이 친구야."

"아니, 이러지 않으셔도……."

"어서!"

내가 만류하자 한 씨는 초코바를 강제로 내 주머니에 쑤셔 넣었다.

그러고서는 씩 웃으며 공사판으로 걸어갔다.

난 한 씨가 준 초코바를 꺼내 한 입 베어 먹었다.

달았다.

아마 한 씨도 일하는 중간 힘이 빠지면 먹으려고 아껴두었 던 것일 테지.

"하아, 이제 진짜로 그냥은 못가겠다."

그때 스마트 폰 벨이 울렸다.

상덕이에게서 온 전화였다.

"여보세요."

ㅡ지웅아! 어디냐?

"이 자식이, 일찍일찍 연락해야 할 거 아냐!"

원래는 아침에 연락을 해서 내가 있는 곳으로 찾아오기로 했었다.

그런데 늦잠을 잤는지 이제야 전화가 온 것이다.

─아니, 어제 갑자기 내 미래에 대해서 생각해 보는 바람에 잠을 설쳤어.

"웃기고 있네. 헛소리하지 말고 빨리 와! 여기 주소 찍어서 보낼 테니까."

─알았어! 택시 타고 십 분 내로 갈게!

"어딘지 알고 십 분 내로 온대?"

─야! 춘천 바닥 어딜 가든 다 십 분 내외지, 뭐! 끊어!

상덕이와의 통화가 끝나고 난 녀석에게 문자로 주소를 찍어 주었다.

십 분 뒤.

점심시간이 끝날 무렵 상덕이가 도착했다.

녀석은 목에 카메라를 걸고서 싱글벙글 웃고 있었다.

"일할 만하냐?"

"응, 일 자체는 할 만해. …그런데 너 왜 그렇게 웃냐?"

"좋으니까."

"뭐가 좋아?"

"내가 직장에서 제대로 일하는 기분 드니까!"

"그게 그렇게 좋아?"

"다른 애들은 대학 걱정, 취업 걱정 하는데 난 벌써부터 회사원 됐으니 당연히 좋지!"

"그래~ 그렇겠지. 그런데 너도 걱정해야 하는 게 하나 있다."

"뭐?"

"군대 걱정."

"…이 자식아, 사람 기분을 그딴 식으로 다운시켜 놔야 속이 풀리겠냐?"

"꼴값 그만 떨고 촬영이나 잘해. 너 동영상 편집하는 것도 할 줄 알아?"

"당연하지."

"오케이. 오늘 촬영한 영상은 총 2분 정도로 짧게 편집해서 사이트에 올려줘."

"알았어!"

상덕이와 짧은 대화를 주고받는 사이 저 멀리서 김 반장이 노발대발했다.

"야! 거기서 뭐하는 거야! 일 안 할 거야? 빨리 안 튀어 와?"

휴, 또 시작이네.

"뭐야 저 인간?"

상덕이가 인상을 찌푸렸다.

"여기 공사판 반장이란다. 아무튼 촬영 잘해라. 간다."

"응."

*　　　*　　　*

상덕이는 공사판에서 좀 떨어진 곳에 숨어 몰래몰래 날 촬영하고 있었다.

대놓고 촬영을 해버리면 김 반장이 뭐하는 짓거리냐며 화를 낼 게 뻔했기 때문이다.

시간이 흐를수록 김 반장의 횡포는 점점 더 심해져 갔다.

그에 비례해 인부들의 표정은 끝도 없이 구겨졌다.

작업 마감 시간이 다 됐다.

내가 지동택 씨 대신 해야 할 일은 했으니 김 반장을 작업해야 할 차례다.

김 반장은 삼 층에 올라가서 한 씨에게 고래고래 악을 지르고 있었다.

"여기 마감 이따위로 할 거야? 이래놓고 집에 가길 바래? 대체 언제쯤 정신 차릴 거야!"

한 씨가 고개를 푹 숙이고서 아무 말도 하지 못했다.

"마음에 드는 구석이 하나도 없어, 하나도!"

난 스마트 폰을 꺼내 들었다.

그리고 전화 받는 척을 했다.

"여보세요? 어 그래, 상덕아. 뭐? 오늘이 김우진이 기일이야?"

난 일부러 큰 목소리로 말했다.

그러자 공사판에 있던 모든 인부들과 김 반장이 일제히 날 바라봤다.

아니나 다를까, 김 반장은 당장에 내게 삿대질을 했다.

"너 뭐하는 거야! 당장 전화 안 끊어?!"

너는 떠들어라, 나는 모르는 척할 테니.

"뭐? 오라고? 아 싫어! 내가 그 새끼 기일에 왜 가냐! 친구? 친구는 얼어 죽을! 야 그 새끼가 나한테 사기 친 게 얼만데! 학교 다닐 땐 앞에 나서서 나 왕따시킨 게 그놈이야! 그 인간한테 당한 게 나뿐인 줄 알아? 우리 반 애들 다 그 개자식한테 당했어! 그 망할 놈이 주먹 좀 쓰고 집에 돈 좀 있다고 애들 협박해서 강제로 반장 완장 차고 어떻게 했어? 툭하면 욕하고, 인격 모독에, 지 맘에 안 드는 애들 있으면 야자 끝나도 집에 못 가게 붙잡고서 청소 시키고! 아주 김 반장 그 개새끼는! 인간도 아니야, 씨팔새끼!"

물론 다 뻥이다.

하지만 그 이야기를 듣던 김 반장의 얼굴은 붉으락푸르락해졌다.

"너, 너 빨리 안 끊어!"

"인생 그따위로 사니까 마른하늘에 날벼락 맞아 죽지! 야, 진짜 난 그게 뭐 소설 속에서나 나오는 이야기인 줄 알았다? 마른하늘에 날벼락이 칠 줄 누가 알았겠냐! 거기에 맞아서 김우진이! 김 반장 그 쌍놈의 새끼가 돼질 줄 누가 알았겠냐고!"

"야, 땜빵! 마지막 경고야! 전화 끊어!"

김 반장이 눈을 부릅떴다.

어찌나 크게 떴는지 눈알이 튀어나올 것 같았다.

하지만 그런다고 끝을 내가 아니다.

아니, 어차피 전화 같은 거 오지도 않았다.

"하여튼 나이 처먹고도 정신 못 차리더니 잘된 거야! 병신 같은 게 남들보다 있는 집에 산다고 갑질 처하다가 그 꼴 난 거잖아! 하여튼 다른 사람 상처 받는지 모르고, 못된 짓만 하는 것들은 그렇게 당한다고! 난 솔직히 김 반장 그 새끼처럼 사는 것들 전부 마른하늘에 날벼락 맞았으면 좋겠다! 그런 일이 또 일어나지 말란 법도 없잖아!"

소리치며 손을 위로 들어올렸다.

내 손끝은 김 반장이 서 있는 바닥을 가리키고 있었다.

"이이이이익!"

김 반장은 콧김을 푹푹 내뿜으며 당장 내가 있는 곳으로 뛰쳐 내려오려 했다.

바로 그때!

"라이트."

난 작은 소리로 라이트 마법을 시전했다.

그러자 갑자기 나타난 번개가 김 반장이 서 있던 바닥을 때렸다.

번쩍! 꽈릉!

"으악!"

놀란 김 반장의 고함과 함께 번개를 두들겨 맞은 바닥이 무너졌다.

콰드득! 콰득!

"어? 어어어어!"

김 반장이 무너지는 바닥과 함께 추락하려 했다.

"반장님!"

한 씨가 얼른 손을 내밀었다.

하지만 김 반장은 그런 한 씨의 손을 잡지 못했다.

"으아아악!"

"으악!"

"어어어!"

김 반장과 인부들이 모두 고함을 질렀다.

그대로 됐다가는 삼 층 높이에서 떨어져 크게 다칠 판이었
다.

재수 없으면 목뼈가 부러져 죽고, 허리가 부러져 불구가 되
어버린다.

맘 같아선 그러든가 말든가 놔두고 싶지만, 그건 내가 계획
했던 일이 아니다.

내가 있는 곳은 2층.

난 얼른 몸을 날려 추락하는 김 반장의 뒷덜미를 손으로 잡
았다.

그리고 다른 손으로는 철 기둥을 잡아 몸을 지탱했다.

"꾸어억!"

갑자기 목이 확 졸리자 김 반장이 돼지 멱따는 소리를 냈다.

난 낚아챈 김 반장을 건물 안쪽으로 끌어서 던졌다.

허공을 붕 난 김 반장의 뚱뚱한 몸이 공사판 바닥에 떨어졌다.

털썩!

"억!"

먼지 구름이 확 하고 일었다.

김 반장이 눈을 멀뚱멀뚱거리다가 화들짝 놀라 주변을 둘러봤다.

그러더니 자기 몸을 마구 더듬었다.

"사, 살았나? 살았어?"

"반장님! 괜찮으세요?"

"큰일 날 뻔하셨네!"

김 반장의 주변으로 인부들이 우르르 몰려들었다.

김 반장은 얼이 빠진 얼굴로 사람들의 면면을 살폈다.

그런 김 반장의 얼굴에서 식은땀이 주르륵 흘러내렸다.

"흐아아… 으어어."

죽을 것처럼 신음을 흘린 김 반장이 그대로 축 늘어졌다.

난 김 반장의 곁으로 다가가 쪼그려 앉았다.

"괜찮으시죠?"

김 반장이 말없이 날 바라봤다.

그는 거의 반탈진 상태가 되어 십 년은 더 늙어 보였다.

한 씨가 내 손을 잡고서 소리쳤다.

"자네가 살렸네! 김 반장님 자네가 살렸어! 김 반장님! 이 친구 아니었으면 정말 큰일날 뻔했습니다!"

"…어?"

김 반장은 아직 상황이 잘 이해되지 않는 모양이다.

"아, 삼 층에서 떨어지는 걸 이 친구가 낚아채서 건물 안으로 끌어당기는 덕에 산 거라구요!"

"그, 그래?"

"그래요! 이 친구가 김 반장님 구한 거예요! 생명의 은인이에요, 은인!"

그제야 김 반장이 내 손을 덥석! 잡았다.

"고, 고맙네! 고마워!"

"아니요, 뭐… 그렇게 고마워하실 것까진 없구요. 근데 참 이상하죠?"

"응?"

"아니 왜 제 친구 중에도 김 반장이라는 놈이 있거든요. 근데 그놈이 그렇게 못된 짓만 골라서 하는 녀석이었어요. 오늘이 그 녀석 기일인데… 그놈이 1년 전 오늘 번개 맞아서 죽었거든요. 그런데 오늘도 마른하늘에 번개가 쳤네요. 그 바람에 김 반장님 3층에서 떨어진 거 아니에요?"

내 말을 곱씹던 김 반장의 얼굴이 해쓱해졌다.

그는 곧 공포에 몸을 부들부들 떨었다.

"나는 마른하늘에 날벼락 떨어진다는 게 그저 속담인 줄 알았죠. 그런데 그런 일이 벌써 두 번이나 일어났네요. 에휴, 이래서 사람은 착하게 살아야 하나 봐요. 그쵸?"

김 반장이 어색하게 고개를 끄덕였다.

"으… 으응. 그, 그렇지."

"그런데 김 반장님."

"응?"

"제가 이런 얘기는 안 하려고 했는데요. 오늘 하루 종일 일하면서 보니까 일 도와주러 오신 분들한테 너무 막 하시더라구요. 물론 작업 빨리하는 거 중요하죠. 그런데 꼭 그렇게 악 쓰고 화내고, 인격 모독성 발언을 안 해도 다 알아들으실 것 같아요. 안 그래요?"

"그, 그래. 그것도 그렇지."

"아무튼 김 반장님 오늘 저한테 목숨 빚 지신 거예요."

"고마워! 그건 정말 고마워!"

김 반장도 자기 목숨은 꽤나 소중했던 모양이다.

죽을 뻔한 인간을 구해줬더니 태도가 이렇게나 확 변했으니 말이다.

하긴, 이런 인간들도 아무 데서나 성질내고 소리치는 건 아니겠지.

자기 위치나 입장에 따라 하는 행동이 달라질 테니.

"정말 고마우시면 부탁 하나만 들어주세요."

"부탁? 뭔데? 얼마든지 들어주지!"

"인부분들한테 앞으로는 좀 잘해주세요. 친절하게 해주시고, 작업 환경 자체를 쾌적하게 해주셔야 이분들도 신이 나서 열심히 일하죠. 그렇게 윽박지르면 억지로 일을 하게 되니까 효율이 더 없을 거예요."

"……."

김 반장은 말없이 인부들을 둘러보았다.

작업장에 있는 모든 인부들이 김 반장의 주변으로 모여 들어 그를 걱정스레 바라보고 있었다.

그 모습에 무언가 느낀 게 있는 건지, 내 얘기를 듣고 생각을 고쳐먹은 건지 김 반장은 고개를 주억거렸다.

"그래… 그래야지. 앞으로는 정말 그렇게 해야지."

"네, 그거면 됐어요. 목숨 빚 진 보답으로 충분해요."

띠링!

―추락하는 김 반장을 구해줬네요! 하마터면 큰일 날 뻔했는데 다행이에요. 선행을 쌓아 4링크가 주어집니다.

4링크라.

김 반장을 제외한 4명의 인부가 김 반장을 구해주길 원했던 모양이다.

나머지 인부들은 그저 놀랐을 뿐이겠지.

어쩔 수 없다.

그것이 김 반장의 현주소다.

그러게 사람이 평소에 마음을 곱게 써야 위기에 처했을 때, 도움의 손길도 많이 받는 것이다.

김 반장은 후들거리는 다리에 겨우 힘을 주어 몸을 일으켰다.

한 씨가 그런 김 반장을 부축해 주었다.

김 반장이 무언가 말하려는 듯 우물쭈물거렸다.

하지만 입이 잘 떨어지지 않는 모양이었다.

한 씨가 그런 김 반장의 어깨를 토닥였다.

김 반장이 한 씨를 보더니 미미한 미소를 머금고 고개를 끄덕였다.

그러고서는 한데 모인 인부들에게 말했다.

"지금까지… 내가 너무 심했던 것 같아. 그… 앞으로는 조금 더 부드러운 작업반장이 될 수 있도록 노력하겠어."

김 반장은 진심을 담아 말하고 있는 것 같았다.

하지만 그런 김 반장의 말을 귀담아 듣는 이는 별로 없었다.

대부분 표정이 심드렁했다.

김 반장도 예상했다는 얼굴이었다.

난 인부들과 김 반장의 심정 전부를 이해할 수 있었다.

김 반장은 지금 죽다 살아났다.

그리고 그의 목숨을 구해준 게 나다.

그렇다 보니 나한테 진정 고마움을 느끼고 있을 것이다.

해서, 내 부탁을 진심으로 들어주려 노력하고 있다.

인부들도 그 정도 상황은 인지하고 있었다.

다만 저것이 순간의 진심으로 끝나는 게 아닌지 걱정될 것이다.

나 역시 그리되는 게 걱정이긴 하다.

그래서 안전장치를 걸어 놓아야 했다.

나는 김 반장을 와락 끌어안았다.

"참 멋진 말씀입니다! 감동적이네요!"

그렇게 크게 말한 뒤, 김 반장의 귀에 대고 속삭였다.

"아까 제가 제 친구 김 반장이라는 녀석이 번개에 맞아 죽었다고 했었죠? 그런데 오늘 김 반장님도 번개에 맞아 죽을 뻔하셨죠? 왜 이런 일이 지동택 씨 대신 제가 땜빵으로 왔던 오늘 일어났을까요? 그러고 보니 내 친구 김 반장도 내가 보는 앞에서 번개에 맞아 죽었네요. 이게 과연 우연일까요?"

거기까지 말하고서 김 반장을 떼어냈다.

내 말을 들은 김 반장은 날 저승사자 보듯 하고 있었다.

나는 그런 김 반장에게 환히 웃어보였다.

"앞으로도 지동택 씨 대타 필요하다 그러면 종종 올게요."

"딸꾹!"

김 반장은 놀라서 딸꾹질을 해댔다.

그 걸 본 이 씨가 게걸스레 웃었다.

"크하하하! 생명의 은인이 다시 온다고 하니 그렇게 좋은 가 봐요?"

"그러게! 아하하!"

"아, 죽다 살아났으니 오죽하겠어?"

다른 인부들도 한마디씩 거들며 웃음을 흘렸다.

김 반장이 어색하게 미소 지었다.

난 그런 김 반장을 부추겼다.

"앞으로 정말 착하게 사실 거죠? 많이 베풀면서. 그렇죠?"

"어? 아… 어! 그, 그럼! 그래야지!"

"나는 김 반장님 바뀐 모습을 당장 보고 싶은데."

"당장?"

김 반장이 화들짝 놀라 눈알을 데굴데굴 굴렸다.

그러다가 오른손을 높이 쳐들었다.

"오, 오늘 회식이다!"

"네?"

"갑자기 무슨……."

인부들이 놀라서 김 반장을 바라보았다.

"다, 다들 바빠?"

"아니 딱히 바쁜 건 아닌데, 갑자기 회식이라 그러니까요."

"안 바쁘면 그냥 나 따라와! 내가 맛있는 걸루다가 거하게 살 테니까! 술도 한잔 걸치고! 응? 어때?"

술이라는 단어가 나오자 인부들이 침을 꼴깍꼴깍 삼켰다.

"그럼 안주는 돼지고기?"

박 씨가 넌지시 말했다.

"돼지고기 좋지! 근처에 잘하는 곳 내가 알아! 거기로 가자고!"

"정말이에요? 진짜 쏘시는 거죠?"

"아, 그렇다니까! 오늘 인간 김진태! 죽다 살아난 기념으로 확실하게 쏜다!"

김 반장의 말에 인부들이 환호하며 박수를 쳤다.

나도 따라서 박수를 쳐주었다.

김 반장이 내 눈치를 슬쩍슬쩍 살피면서 어색하게 웃었다.

나는 고개를 끄덕이며 눈빛으로 말했다.

'그렇게만 살면 다시 나 보는 일 없을 거예요.'

김 반장도 고개를 끄덕였다.

자, 이제 빠져 줄 때인가?

"아, 한창 기분 좋을 때 재 뿌려서 죄송하지만 전 가볼게요."

"어? 왜? 같이 한잔하지."

한 씨가 날 잡았다.

"아닙니다. 중요한 선약이 있어서 시간을 빼기 힘들 것 같아요."

그러자 김 반장이 한 씨를 말렸다.

"그래그래. 간다는 사람 억지로 잡아서야 쓰나?"

"아니, 그래도 반장님 살려준 주인공인데 이렇게 빠져 버리면 자리가 좀 허전하지 않을까요?"

"그, 그런가?"

김 반장의 불안한 시선이 내게 향했다.

아마 지금 나랑 같이 술자리 하게 될까 봐 조마조마 할 거다.

"아니 잔칫상에 사람 하나 빠진다고 허전할 게 뭐 있어요? 술이 빠지면 허전한 거지."

"그거 맞는 말이네!"

"술 빠진 잔치는 잔치가 아니지!"

내 농담에 인부들이 왁자한 웃음을 터뜨렸다.

"많이 중요한 약속인가 봐?"

한 씨가 물었다.

"네. 고기 맛있게 드세요."

"그래… 그럼. 기회 있으면 또 보자고."

"네."

"자, 잘가요, 땜빵."

안 어울리게 갑자기 존대는.

"김 반장님도 오래오래 사세요."

"딸꾹! 그, 그래야지요."

"다들 고생 많으셨어요."

"잘가~!"

"담에 또 보자!"

인부들의 인사를 받으며 걸음을 옮기려던 난 문득 떠오르는 게 있어 한 씨에게 물었다.

"저기… 한 씨 아저씨."

"응?"

"근데… 존함이 어찌 되세요?"

"이름? 아, 그러고 보니 통성명도 못했네."

한 씨가 끼고 있던 장갑을 벗으며 손을 내밀며 말했다.

"한정태야. 너는?"

한정태… 그랬구나.

이분이, 유주 누나 아버지셨어.

나는 내민 손을 맞잡으며 말했다.

"유지웅이라고 해요."

"유지웅? …어디서 들었던 이름인 것 같은데."

유주 누나가 내 얘기를 몇 번 했던 모양이다.

난 정태 아저씨가 기억을 떠올리기 전에 얼른 공사장을 빠져나왔다.

Chapter 5
소문나는 사이트

공사장 아래에서는 상덕이가 지루한 표정으로 기다리고
있었다.

"잘 찍었냐?"

"팔 떨어질 지경이다!"

"전부 다 촬영한 건 아니지?"

"중간중간 촬영해서 총 두 시간 정도 분량 나왔어. 그런데
아까 그거 뭐냐?"

"뭐가?"

"갑자기 번개 쳤잖아! 겁나 놀랐네."

"그것도 찍혔어?"

"응. 근데 이상한 거 보여줄까?"

상덕이가 카메라 액정을 내 코앞에 들이밀더니 되감기 버튼을 눌렀다.

그리고 내가 마법을 시전하던 장면에서 멈췄다.

"잘 봐라."

동영상이 플레이됐다.

2층엔 나와 다른 인부들이 있었고 3층엔 김 반장과 정태 아저씨가 있었다.

그런데 내가 있던 2층에서 무언가 번쩍이더니 3층 바닥이 무너졌다.

"이거 좀 이상하지 않아?"

난 모른 척 되물었다.

"뭐가?"

"번개가 하늘에서 내려친 게 아니라 바닥에서 위로 솟구친 거 같잖아."

"그래? 난 잘 모르겠는데."

"맞다니까?"

"그럼 그런가 보지."

"그게 말이야 방구야?"

"자식아. 세상에 과학적으로도 설명되지 않는 일들이 얼마나 많이 일어나는 줄 알아?"

"그런데?"

"이것도 초자연현상 중 하나일 수도 있다는 거지."

상덕이가 머리를 긁적였다.

"그런가?"

"아무튼 그 동영상 편집할 때 번개 치는 부분은 빼라."

"왜?"

"데일리 히어로에 업로드하는 동영상의 포인트가 뭐야? 내 선행이잖아? 그런데 번개가 바닥에서 위로 솟구치는 영상이 들어가면 어떻게 되겠어? 그 기현상에 포커스가 맞춰지겠지? 그럼 내 선행이 묻힌다고."

내 말에 상덕이는 아깝다는 표정을 지었다.

"에이 씨, 이거 해외 토픽 감인데."

"토픽이고 나발이고 일단 우리 사이트부터 살리자, 상덕아."

"알았어. 그래도 네가 반장 아저씨 구해준 거는 넣어야 하니까 번개 친 다음 부분 잘라서 붙일게. 그건 괜찮지?"

"좋지."

동영상의 시작은 내가 지동택 씨 대신 공사장 일을 하는 것으로 시작된다.

적당한 음악과 함께 열심히 일하는 내 모습이 죽 나오는 중반부.

후반부에 가서 갑작스런 공사 현장의 사고로 김 반장이 추락한다.

그런 김 반장을 내가 구해주는 것으로 동영상이 마무리된다.

'이거지!'

아주 아름다운 그림이다.

의뢰인의 아버지 대신 일을 해준 것도 갸륵한데, 사람까지 구했다.

예기치 않게 사이트 홍보를 위해 적격인 그림 하나가 나온 것이다.

"이제부터 대박 날 거다, 상덕아."

"우리 엄마가 말하길 장사는 가게 문 열고 1년을 버텨야 흥망을 알 수 있고, 사업은 3년을 버티면 그때부터 시작이라더라. 대부분은 3년 되기 전에 무너지고."

"이 사업은 다른 사업이랑 다르다~"

"너 진짜 이 일 해서 나 월급 계속 줄 수 있어?"

"물론."

현재 내 수중에 있는 돈이 1,450만 원 정도다.

하지만 이 돈은 마르기는커녕 더 불어날 것이다.

난 300링크를 100g짜리 골드바로 교환할 수 있는 능력이 있기 때문이다.

100g짜리 골드바는 못해도 380 정도를 받고 팔 수 있다.

인비네 어머니가 금은방을 하시니 말을 잘하면 저번처럼 400을 받을 수도 있다.

물론 300링크를 모으는 게 쉬운 일은 아니다.

하지만 그렇게 어려운 일도 아니다.

게다가 내 선행 동영상은 데일리 히어로 사이트뿐만 아니라 유튜브에도 파트너십 계약을 체결해 업로드할 것이다.

그러면 조회 수 1,000당 1에서 3달러가량이 들어온다.

조회 수가 많이 올라가면 그것 고스란히 돈이 된다. 아울러 동영상을 본 사람들이 내 선행을 보고 잘했다고 느낄 경우 그것은 모두 링크가 된다.

그런데 동영상이 퍼지면 링크 수입은 엄청나게 빠르게 많이 들어온다.

때문에 이런 사이클이 반복되면 내 수중에 돈이 불어나면 불어났지 결코 마를 일은 없는 것이다.

하지만 상덕이에겐 그걸 설명해 줄 수 없다.

녀석이 의아해 하는 건 당연한 일이다.

지금도 불안한 얼굴로 나를 바라보고 있잖은가.

"그렇게 불안하면 각서라도 써줘?"

"각서?"

상덕이의 눈이 반짝 빛났다.

"써주면 나야 좋지. 헤헤."

이 자식이 아무리 그래도 친구 사이에 너무하네.

"알았다. 나중에 한 장 써줄게. 그런데 너 각서 써주는 순간 월급은 평생 팔십으로 동결이다."

"뭐……?"

"각서 안 쓰면 회사 사정 따라서 월급 인상해 줄 수도 있어. 그런데 각서를 쓰는 순간 월급은 팔십으로 동결되는 거라고."

"악! 치사해!"

"같이 동업하면서 각서 써달라고 하는 건 안 치사하고?"

"그거랑 그거랑 같냐!"

"어떡할래? 각서 쓰고 팔십으로 죽 갈래, 아니면 믿고서 대박을 노릴래? 분명히 말하지만 내 사업 잘되면 1년 사이에 너 달에 500도 벌 수 있어. 아니지, 그 이상도 가능하지."

상덕이가 마른침을 꼴깍 꼴깍 삼키며 고민했다.

그러더니 결국.

"…각서 안 쓸게."

난 상덕이에게 어깨동무를 했다.

"역시 친구 사이에는 믿음으로 가는 거지. 그치?"

"…썅."

그러니까 사업 번창해서 너도 잘되고 싶으면 동영상 편집이나 잘해라, 상덕아!

*   *   *

하루가 지났다.

상덕이는 홈페이지의 '의뢰 해결 사례' 게시판에다가 1분 길이로 편집한 동영상을 업로드했다.

그리고 그것을 다시 유튜브에 업로드했다.

사실 잘 몰랐는데, 상덕이는 이미 유튜브에다 '데일리 히어로' 라는 채널까지 만들어서 체계적인 관리를 하려 하고 있었다.

역시 사람은 한 가지 면만 보고서는 모른다는 말이 맞는 거다.

아니지, 상덕이의 경우는 여러 가지 면이 엉망인데 딱 한 가지 면이 제대로 된 건가?

아무튼 늘 덜떨어진 것 같던 상덕이가 컴퓨터와 관련된 분야에서 이토록 두각을 드러낼 줄은 몰랐다.

처음에는 워낙 게으른 놈인지라 일을 빠릿빠릿하게 할지 걱정됐는데, 그것조차 기우였다.

내가 무언가를 요구하면 하루를 넘기기 전에 해치운다.

그래서 기분이 좋다.

띠링!

─사랑하는 아빠의 생일날, 둘이서 행복하게 보내고 싶어 했던 두 번째 의뢰인의 소원을 들어주셨네요~! 정말 멋져요, 지웅 님! 선행을 쌓아 4링크가 주어집니다.

오?

두 번째 의뢰인이 내가 들어준 의뢰 건을 제대로 확인한 모양이다. 그런데 왜 4링크나 들어온 거지?

"음? 후기 게시판에 글 올라왔네."

유주 누나가 처음 남긴 글 위로 새로운 글이 떴다.

제목은 '정말 감사합니다, 데일리 히어로!' 였다.

제목을 클릭해 내용을 읽어보았다.

[설마! 진짜로! 제 부탁을 들어주실 줄은 몰랐어요!

방금 의뢰 해결 사례에 업로드된 동영상도 봤어요!

아빠랑 같이 봤어요!

아빠가 정말정말 감사하대요!

그날 일당도 그대로 전해 받았어요!

정말 어떻게 감사의 말을 다해야 할지 모르겠어요.

요즘 같은 세상에 돈도 안 받고 이렇게 남을 도와주시는 분이 정말 있으리라고는 생각도 못 했어요.

이 사이트를 소개해 준 친구가 얼마나 고마운지 몰라요!

그런데 동영상 보다보니까 곤두박질치던 김 반장 아저씨도 구해주시더라구요! 엄청 멋졌어요! 아빠도 저도, 그거 보면서 가슴이 철렁했다니까요!]

아, 그래서 2링크가 더 들어온 거구나.

[혹시 다음에도 이런 일이 있을 때 또 부탁해도 될까요?
아무튼 정말 감사합니다!
사이트 번창하시고 좋은 일만 가득하세요!]

글은 그렇게 끝이 났다.
그런데 글을 다 읽고 나니, 홈페이지의 운영 정책에 문제가 있다는 걸 깨달았다.
"다음에 또 이런 일을 부탁한다고?"
이건 까놓고 얘기해서 아버지에게 휴식이 필요할 때 또 대신 일하고 돈 받지 말란 소리다.
그래, 해줄 수 있다.
어렵지 않은 일이다.
하지만 의뢰에 대한 기준 같은 것이 없다면 그걸 악용하는 경우도 분명히 생길 것이다.
극단적으로 생각해 보자면 한 달 내내 대신 노가다 판에서 일하고 돈을 받지 말라고 할지도 모른다.
그런 일을 미연에 방지하려면 의뢰에 대한 기준을 만들어야 할 것 같았다.

난 워드 창을 켜서 키보드를 두들겼다.

[의뢰의 법칙.

하나. 데일리 히어로 사이트를 찾아주시는 의뢰인들께서는 1인 1의뢰만을 원칙으로 합니다.

둘. 의뢰는 익명으로 의뢰 게시판에 작성하되, 의뢰 확정은 직접 만나서 결정합니다. 한 사람이 여러 개의 아이디로 중복 가입할 수 있기 때문입니다.

셋. 의뢰 게시판에 올라온 의뢰를 모두 들어줄 순 없습니다. 수행 가능한 의뢰만 들어줍니다.

넷. 수행 가능한 의뢰 글엔 댓글로 개인 연락처를 알려 드립니다.

다섯. 상호 간 연락을 통해 대면해서 의뢰를 수락합니다.]

이 정도면 됐겠지.

난 워드로 적은 글귀를 복사해서 의뢰 게시판에 공지로 붙여 넣었다.

"자, 이제 사이트 광고 좀 팍팍 돼서 일거리 마구 들어와라!"

상덕이는 영리하게도 동영상을 편집할 때, 한켠에다가 데일리 히어로 사이트 주소를 박아 넣어놨다.

동영상이 이슈만 된다면 이건 한 방에 뜬다.

빨리 떠라!

*　　　*　　　*

12월의 셋째 주 토요일.

순식간에 3주라는 시간이 흘러갔다.

이제 며칠만 있으면 겨울방학이 시작된다.

겨울방학이 끝나면 곧 졸업이다.

정말로 사회인이 되는 것이다.

하지만 고3의 말미에 하도 스펙터클한 일들을 많이 겪어서 그런지, 세상으로 나가게 된다는 사실에 그다지 두려움이 없었다.

또래 중 몇몇은 앞으로 먹고 살 일이 걱정이라고 했다.

나는 그런 걱정도 없었다.

이틀 전부터 데일리 히어로의 방문자가 조금씩 늘어나는가 싶더니, 어제는 기하급수적으로 늘어났다.

그와 동시에 링크가 쏟아져 들어왔으며, 오늘 아침엔 의뢰 게시판에 새로운 의뢰도 다섯 건이나 올라왔다.

이번에 상덕이가 찍어서 올린 공사장 동영상이 유튜브에서 제법 인기를 끌게 된 것이다.

즉 사이트가 제대로 돌아가기 시작한 것이다.

"이렇게만 간다면 돈 걱정은 할 필요가 없게 되는 거지! 마인드 탭."

이름 : 유지웅

소속 : 지구, 대한민국

성별 : 남

나이 : 19

영력 : 13/13

영매 : 14

아티팩트 소켓 3/3

보유 링크 : 2,280

내가 이틀 전까지 모았던 링크가 300가량이었다. 나머지 링크는 하루 사이에 들어온 것이다.

"이걸 다 금괴로 바꾸면 이천팔백만 원이네."

하지만 내가 앞으로 사야 하는 영혼의 수가 서른여섯이다.

필요한 경비만 돈으로 바꾸고 나머지는 영혼을 사는 데 주력해야 한다.

"일단은 저번에 못 샀던 루카스의 영혼만 사자. 나머지는 영력을 올리는 데 미리 투자해 두는 게 좋겠어."

난 영력 탭을 터치했다.

팅—

> **영력 : 13**
>
> 영력을 14로 업그레이드하시겠습니까?
>
> 업그레이드 비용은 240링크입니다.
>
> [Yes/No]

'Yes'를 터치.

영력이 14로 올랐다.

그렇게 계속해서 영력을 업그레이드시켰다.

> **영력 : 17**
>
> 영력을 18로 업그레이드하시겠습니까?
>
> 업그레이드 비용은 500링크입니다.
>
> [Yes/No]

지금 남은 링크는 업그레이드를 하는 사이 32링크가 더 들어와서 총 1,052링크였다.

여기서 500링크를 사용해 버리면 700링크인 루카스의 영혼을 살 수가 없다.

"됐다. 소울 커넥트."

*　　　*　　　*

"오래간만이시네요?"

라헬이 쌀쌀맞게 말했다.

"어디서 소박맞았냐?"

"소박 놓을 사람도 없네요."

"왜 이렇게 틱틱대?"

"제가요? 기분 탓이겠죠?"

라헬은 손가락으로 귓구멍을 후비더니 훅! 하고 불었다.

저게 진짜…….

"그런데 엄청 간만에 오셨으면서 들고 온 링크는 쥐꼬리만
하네요?"

하, 결국엔 그거였군.

돈 많이 들고 오지 않아서 거지 취급한다 이거냐?

그건 그렇고 이 자식이 말하는 게 웃기네?

"전에는 100링크만 들고 와도 쩔쩔매던 놈이 1,000링크나
들고 왔는데 쥐꼬리라고 해?"

"그때는 그때고 지금은 지금이죠. 십 년 전 라면 가격이랑
십 년 후 라면 가격이 같던가요?"

아아, 피곤해.

이놈이랑 말싸움 해봤자 득 될 거 하나 없다.

"거래나 하자. 루카스의 영혼을 사겠어."

"그러시든가요."

라헬이 귀찮아 죽겠다는 얼굴로 손가락을 딱 튕겼다.

그러자 루카스의 영혼이 나타나 내 몸 안으로 스며들었다.

"이제 됐죠?"

"너 다음에 보자."

돈을 아주 그냥 억 소리 날 만큼 들고 와서 제대로 농락해 줄 테니.

"다음에 보자는 인간 하나도 안 무섭더라. 들어가세요."

라헬이 쌀쌀맞은 음성이 흩어지며 사위를 감싼 어둠이 부서졌다.

나는 다시 내 방 컴퓨터 앞에 앉아 모니터를 들여다보고 있었다.

"루카스의 능력이 포이즌이었지?"

루카스는 체내에서 독을 만들어내는 이능력자였다.

그는 세상의 모든 독을 만들 수 있으며 그 강도와 양도 조절할 수 있었다고 한다.

"그럼 이건 당연히 액티브 소울이겠지?"

마인드 탭을 열어 영매 탭을 터치했다.

영매

패시브 소울 : 10

―강인한 육신[소라스]

―뛰어난 청력[파펠]

―완벽한 절대 미각[리조네]

―뛰어난 요리실력[마르펭]

―뛰어난 민첩성, 근력[바레지나트]

―아이언 스킨[지그문트]

―굉장한 창술[블랑]

―굉장한 궁술[쟈비아]

―굉장한 리더십[길버트]

―포이즌[루카스]

액티브 소울 : 5

―낭아권[무타진/소모 영력 1/재충전 5초]

―화 속성 초급 마법 번(Burn)[마르카스/소모 영력 5초
당 1]

―수 속성 초급 마법 아쿠아(Aqua)[레뀌른/소모 영력 5
초당 1]

―천상의 목소리[로레인/소모 영력 5초당 1]

―뇌 속성 중급 마법 라이트(Light)[포포리/소모 영력 3

어? 이거 액티브가 아니라 패시브 소울이네?

그럼 영력의 소모 없이 내가 원할 때 언제든 독을 만들어낼 수 있다는 거야?

"그런데 어떻게 해야 독을 만들 수 있는 거야?"

방법을 모르겠다.

이건 이따가 카시아스에게 물어보기로 하자.

일단 지금은 다섯 가지의 의뢰 중 내가 들어줄 수 있는 게 무엇이 있는지부터 정하는 게 우선이다.

"어디 보자… 고양이를 찾아주세요. 사랑하는 사람에게 대신 고백해 주세요. 에이펑크 전원의 사인을 받아와 주세요. 엄마를 살려주세요. 다이러스 장난감 로봇이 갖고 싶어요."

난 각각의 세부적인 내용을 살펴봤다.

고양이를 찾아달라는 건, 말 그대로였다.

이틀 전 집을 나간 고양이를 찾아와 달라는 것이었다.

"별것 아닌 듯 보이지만 집 나간 동물 찾는 게 쉬운 일은 아니지."

괜히 의뢰를 들어준다고 했다가 실패하면 더 골치 아파진다.

못할 일은 애초에 받지 않는 게 좋다.

사랑하는 사람한테 대신 고백해 달라는 것 역시 별게 없었다.

그냥 자신이 적은 편지와 선물을 전해 달라는 것이었다.

의뢰인은 24살 모태 솔로인데 세 살 연하의 여인에게 반했지만 편지와 선물을 전해줄 용기가 도무지 나지 않는다는 것이다.

그냥 갖다 주기만 하는 거야 어렵지 않았다.

하지만 그래서는 의뢰 해결에 아무런 임팩트가 없다.

"이건 생각 좀 해봐야겠네."

무언가 극적인 장치를 가미해 고백이 성공하는 모습까지 영상에 담을 수 있다면 좋을 듯한데.

다음 의뢰는 인기 아이돌 그룹 에이핑크의 전원의 사인을 받고 싶다는 것이다.

그런데 이건… 역시 불가능하겠지?

내가 연예계 쪽에 인맥이 있는 것도 아니니까, 깔끔하게 포기해야겠다.

그 다음 의뢰는 엄마를 살려달라는 것이었다.

그런데 문제는 죽어가는 엄마를 살려달라는 게 아니라, 이미 죽어버린 엄마를 살려달라는 거였다.

'내가 무슨 수로……'

안타깝지만 죽은 사람을 살리는 재주는 없었다.

이 의뢰 역시 수락할 수가 없었다.

그나마 마지막 의뢰는 가장 쉽고 간단했다.

요즘 아이들 사이에서 한창 인기 최고가를 달리는 다이러스 장난감 로봇이야 얼마든지 사줄 수 있었다.

"그럼… 당장 해결 가능한 의뢰는 다섯 개 중 두 개?"

대신 고백해 주는 것과, 다이러스 장난감 로봇을 사주는 것밖에 없었다.

익명성이 보장된다는 것과 무료로 의뢰를 들어준다는 점이 조금 터무니없어 보이는 의뢰들까지 몰려들게 한 모양이다.

모든 의뢰를 다 들어줄 수 없다는 항목을 공지 사항에 명시해 놓길 잘했다.

"일단은 의뢰인들을 직접 만나 봐야겠지."

＊　　　　＊　　　　＊

오늘은 일요일.

상덕이와 나는 의뢰인들을 만나기 위해 서울로 향하는 ITX 청춘열차에 몸을 실었다.

두 명의 의뢰인 모두 서울에 살았다.

한 명은 용산, 또 다른 한 명은 홍대 근처에 머물고 있다고 했다.

ITX청춘열차의 종착역은 용산이다.

그래서 용산에 사는 의뢰인을 먼저 만나고 홍대로 자리를 옮기기로 했다.

먼저 만날 사람은 장난감을 사달라고 한 의뢰인이다.

우리는 11시가 조금 넘어서 용산에 도착했다.

의뢰인과 약속한 시간은 12시였다.

시간이 될 때까지 근처 카페에 들어가 있다가 의뢰인의 연락을 받고 약속 장소인 용산역 광장으로 향했다.

우리가 만나게 된 의뢰인은 중학교 2학년 남학생이었다.

이름은 밝히지 않았다.

우리도 굳이 이름을 물어보지 않았다.

서로의 익명성을 보장해 줘야 했기 때문이다.

해서 나는 공사판 일을 나갔을 때처럼 선글라스와 마스크를 착용하고 있었다.

상덕이도 마찬가지였다.

중딩 의뢰인은 이틀 뒤가 자기 동생 생일인데 꼭 다이러스 장난감 로봇을 선물로 주고 싶어서 의뢰를 했다고 한다.

나와 상덕이는 의뢰인과 당장 대형 마트로 갔다.

그리고 장난감 코너에서 가장 좋은 다이러스 로봇을 구매했다.

그것을 의뢰인에게 주자, 의뢰인은 눈이 휘둥그레져서 우리를 바라봤다.

"정말… 그냥 주시는 거예요?"

"그래. 집에 잘 숨겨 놨다가 동생 생일날 줘."

"감사합니다!"

"어서 가봐."

"네!"

의뢰인은 해맑게 웃으며 장난감을 품에 꼭 껴안고 뛰어갔다.

상덕이가 그런 의뢰인의 뒷모습을 시야에서 사라질 때까지 촬영했다.

그러고서는 정지 버튼을 누른 뒤 내게 물었다.

"뭔가 이상하지 않냐?"

"뭐가?"

"나는 쟤가 저 장난감 동생 주지 않고 그냥 가질 것 같다."

"또 지랄이네, 이 자식이?"

"아니, 그렇잖아. 장난감을 무슨 보물단지마냥 끌어안고서 좋아하는 거 봐! 그리고 쟤 눈빛 봤냐? 장난감을 향해 끓어오르는 욕망! 저거는 동생을 위한 순수한 마음에서 나오는 눈빛이 아니야."

"소설을 써라."

"내 예감이 맞을 거야. 저놈 저거, 애초에 외동아들 아니야? 저 나이 먹고도 장난감이 너무 좋은데 엄마, 아빠는 사줄 리 없고, 자기가 사기는 쪽팔리고. 그래서 우리한테 부탁 한 거지!"

"그러면 좀 어떠냐? 좋은 영상 찍었으면 됐지. 알지? 동영상 업로드할 때 의뢰인들 얼굴엔 모자이크, 음성은 변조. 확실히 해. 신상 안 털리게."

"알았다."

"그럼 다음 의뢰인 만나러 가자."

띠링!

　—동생의 선물을 사주고 싶어 했던 중학생을 도와주었네요? 선행을 쌓아 1링크가 주어집니다.

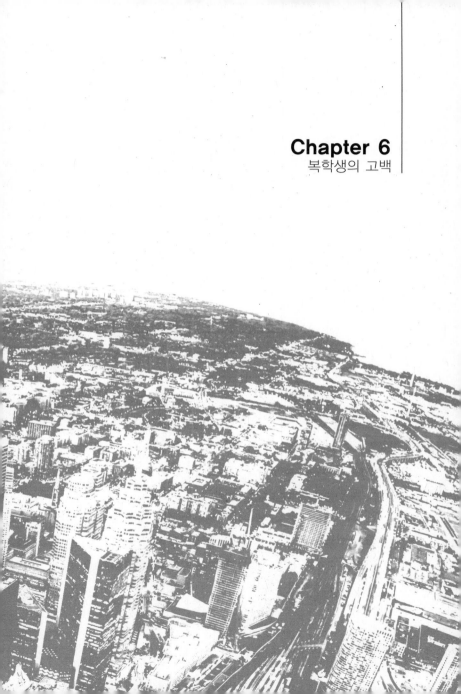

Chapter 6

복학생의 고백

두 번째 의뢰인을 만나기 위해 홍대 놀이터로 향했다.

의뢰인은 먼저 와서 우리를 기다리고 있었다.

붉은색 패딩을 입은 그는 순진해 보이는 외모와 소박한 미소가 인상적이었다.

자신을 성창 대학교 복학생이라고 소개하고서는 같은 과 후배에게 반년째 사랑의 열병을 앓는 중이라 말했다.

우리는 복학생과 함께 자리를 옮겼다.

셋 다 식전이라 밥을 먹으면서 이야기를 나누기로 했다.

제법 맛있다고 소문난 일식 카레집에서 허기를 채우며 복학생은 세세한 이야기를 들려주었다.

"그 아이는 정말 예뻐요. 같은 과에만 그 아이를 좋아하는 남학생이 셋은 돼요. 성격도 좋아서 그 아이를 싫어하는 사람은 거의 없죠. 그래서 더 고백하는 게 부담이 돼요. 나보다 잘난 애들도 그 아이한테 고백했다가 퇴짜 맞았다는 이야기를 들었거든요. 그런데 나 같은 게 눈에나 차겠어요?"

"여자분이 눈이 높으신가 보네요."

상덕이가 돈가스 카레 덮밥을 열심히 퍼먹으며 물었다.

"모르겠어요. 들리는 말로는 아직 연애를 한 번도 해본 적이 없고, 누군가를 사귈 필요성을 느끼지 못했다면서 고백을 거절했다고 하는데… 그게 사실인지 그냥 거절하기 미안해서 하는 말인지……."

만약 후자의 경우라면 여자가 고단수다.

가장 무리 없이 상대를 쳐내면서, 앞으로의 관계도 서먹해지지 않게 끌어갈 수 있으니까.

혹시 어장관리하는 거 아니야?

"그분이 뭐… 자기 좋다고 하는 남자들한테 밥을 자주 사달라고 한다거나 그러진 않아요? 생일 때는 선물을 요구하거나… 제가 무슨 얘기 하는 건지 아시죠?"

내가 물었다.

복학생은 고개를 저었다.

"그렇진 않아요. 누가 뭘 사준다고 해도 거절하는 애예요. 아니면 더치페이해서 먹자고 하거나. 일방적으로 얻어먹는

·건 무척 부담스러워 하는 애예요. 생일날도 파티 같은 거 안 하고 조용히 넘어갔어요."

"그래요?"

"네."

이거 어쩌면 정말로 순수한 여자일 수도 있겠다.

연애라는 게 한 번 하고 나면 그 맛을 알아서 계속 하고 싶어지지만, 한 번도 해보지 않았을 때에는 갈망이 그다지 크지 않다는 얘기를 드라마에서 들은 적이 있다.

물론 모든 사람들이 다 그런 건 아니겠지만, 복학생이 좋아하는 여자는 어쩌면 그런 경우이지 않을까?

"저, 이거……."

복학생이 밀봉된 편지 봉투 하나와 작은 상자를 내밀었다.

"제가 전해주려고 했던 편지랑 선물이에요. 되도록 크리스마스가 되기 전에 고백했으면 좋겠어요."

그러자 상덕이가 끼어들었다.

"아~ 잘되면 크리스마스 날 데이트하려고 그러는구나! 그쵸? 맞죠?"

"그… 저… 네, 네."

복학생이 쑥스러워하며 고개를 푹 숙였다.

그 모습을 본 상덕이가 바보처럼 헤죽 웃었다.

"으흐흐~ 크리스마스 날 임신하는 커플이 제일 많다던데~!"

"뭐, 뭐라구요?"

이 자식이 근데, 뭐라는 거야?

난 상덕이의 정수리를 쥐어박았다.

퍽!

"으악! 혀 깨물었잖아! 왜 때려!"

"조용히 하고 있어라, 좀."

"씨잉."

상덕이는 울상을 짓더니.

"여기 돈가스 카레 덮밥 하나 더요!"

주문을 추가했다.

하여튼 연구 대상이다.

*　　　*　　　*

식당에서 나온 우리는 다시 홍대 놀이터로 향했다.

복학생에게 건네받은 편지 봉투와 선물 상자는 상덕이가 가져온 카메라 가방에 잘 넣어두었다.

"아무튼 크리스마스 전에만 전달하면 되는 거죠?"

"네."

"그분의 성함이 이하연. 저기 보이는 편의점에서 오후 시간에 알바하고 있구요?"

복학생은 내가 가리킨 편의점을 보고서 고개를 끄덕였다.

"맞아요."

"그럼 지금 일하고 있겠네요?"

"아, 평일 알바라 주말에는 안 해요."

"그렇군요. 알겠습니다. 그럼 의뢰 완수한 다음에 연락드릴게요."

"네, 조심해서 들어가세요."

복학생과 헤어지고 난 뒤, 우리는 춘천으로 돌아가기 위해 지하철역으로 걸음을 옮겼다.

지하철을 갈아타가며 용산역에 도착했다.

거기서 춘천행 ITX청춘열차 표를 예매한 뒤, 시간에 맞춰 플랫폼으로 향했다.

ITX청춘열차는 4, 5호 칸이 2층이다.

상덕이가 2층 좌석에 꼭 앉아보고 싶다고 성화를 부리는 바람에, 나는 2층 쪽 좌석으로 두 장을 예매해 둔 터였다.

우리는 지정된 좌석에 앉았다.

창가 쪽에 앉은 상덕이가 마치 비행기를 처음 타는 아이마냥 즐거워했다.

"우와~ 진짜 기분 좋다."

"그리 좋냐? 그래봤자 기차야."

"넌 왜 이렇게 낭만이 없냐? 사람 기분이라는 게 있잖아. 나 지금 휴일에도 회사 일 때문에 출장 나갔다가 돌아오는 유능한 사원의 기분을 만끽 중이시다."

"그건 기분 문제가 아닌데?"

"응?"

상덕이가 날 돌아봤다.

"너 유능해."

"…왜 이래? 뭐 잘못 먹었냐? 네 입에서 지금 내 칭찬이 나온 거야?"

"누가 들으면 내가 허구한 날 욕만 하는 줄 알겠다."

"그건 아니지만 칭찬도 자주 안 했지."

"아무튼 너 유능한 건 맞아. 너랑 같이 동업하길 잘했다고 늘 생각하고 있어."

"진심이야?"

"응. 너 없었으면 데일리 히어로가 이렇게까지 잘되진 않았을 걸? 지금 이 성공의 반은 네 덕분이야."

내 말에 상덕이가 눈물을 글썽였다.

"친구야아아."

녀석이 나를 덥석 끌어안았다.

난 기겁하며 상덕이를 떼어냈다.

"떨어져, 인마!"

"흐어어어엉. 날 그렇게까지 생각하고 있었다니. 감동이야~!"

"알았으니까, 그만해."

"흐어어어엉."

…통로를 지나가는 사람들이 힐끗힐끗 쳐다본다.

두 번 다신 이 녀석한테 칭찬하는 일은 없을 거다.

*　　　*　　　*

춘천에 도착해서 역 근처 우동집에 들렀다.

상덕이와 나는 우동 한 그릇씩을 먹으면서 대화를 나눴다.

"내일 학교 끝나면 바로 서울 갈 거야?"

"아니."

"왜? 빨리 전해줘야 하잖아."

오늘은 12월 21일이다.

크리스마스까지는 이제 4일밖에 남지 않았으니, 3일 이내에 이하연에게 복학생의 편지와 선물을 건네줘야 한다.

하지만 몇 번을 생각해 봐도 단순히 편지와 선물을 건네주는 것만으로는 성에 차지 않는다.

"어지간하면 그 복학생의 고백을 여자가 받아줬으면 좋겠어."

"아서라. 잘나간다는 남학생들도 다 차였다는데, 모태 솔로에다가 직접 고백할 용기도 없는 숙맥을 받아주겠냐?"

"그건 모르는 거지."

"쓸데없는데 정력 낭비 말고, 할 일만 하자. 우리가 사랑 전도사는 아니잖아?"

"흠."

상덕이의 말도 틀린 건 아니었다.

단순히 내 욕심일지도 모른다.

하지만 만약 이 의뢰를 해결하면서 고백까지 받아들이도록 만든다면, 그리고 그 영상을 업로드한다면 대박이 터질 거다.

그러기 위해서는 여자의 심리에 대해서 잘 알면서 연애 박사인 사람의 도움이 필요했다.

문제는 내 주변에 그런 사람이 없다는 것이다.

아랑이는 나처럼 연애 초보자다.

이랑이는 여자들한테 인기는 있지만 정작 그 녀석 본인이 연애에 무관심하다.

상덕이는 말할 필요도 없다.

유주 누나 역시 모태 솔로다.

점장님은 뭐… 아예 논외다.

그나마 우리 누나가 그런 면에서는 정말 빠삭하다.

그런데 누나한텐 이런 얘기 해봤자 내가 원하는 대답을 내놓긴커녕 이상한 의심이나 하면서 날 놀려댈 게 뻔하다.

포기.

"역시 안되는 건가?"

점점 힘이 빠져서 그냥 관둘까 싶은 생각이 들던 그때였다.

"안녕하세요, 사장 오빠~! 저 왔어요!"

문이 벌컥 열리며 찬바람과 함께 생기발랄한 여인의 음성이 들려왔다.

카운터를 보고 있던 젊은 사장의 얼굴에 미소가 어렸다.

"인비~ 왔니?"

"네~!"

인비?

설마 박인비?

나와 상덕이는 동시에 고개를 돌렸다.

우동집 입구에는 정말로 인비가 서 있었다.

계절에 굴하지 않는 짧은 미니스커트 정장 차림에 검은 스타킹을 착용한 차림으로 말이다.

"으~ 추워."

인비는 미처 우리를 발견하지 못하고서 조금 떨어진 테이블에 앉았다.

사장이 그런 인비에게 다가가 물었다.

"오늘은 새로운 남자 친구 안 데려왔어?"

"새로운 남자 친구? 누구요?"

"그새 헤어졌구만."

"오늘은 사장님이 내 남자 친군데?"

"놀리지 마라~ 늘 먹던 거?"

"네!"

인비에게 주문을 받던 사장의 시선이 우리와 마주쳤다.

사장은 손가락으로 우리를 가리키며 말했다.

"그런데 혹시 인비야. 저분들도 너랑 연애했던 분들이니?"

"네? 누구요?"

"저쪽 테이블. 아까부터 계속 쳐다보고 있는 것 같은데……."

인비가 고개를 돌렸다.

그리고 우리와 시선이 마주쳤다.

"어!"

인비의 눈이 휘둥그레졌다.

그녀가 활짝 미소 지으며 내게 달려왔다.

"지웅아~!"

인비는 다짜고짜 나를 와락 껴안았다.

"윽! 왜, 왜 이래."

"우리 진짜 운명인가 봐! 이런 식으로 또 마주치다니!"

"운명이라는 거 아무 데나 막 갖다 붙이지 말랬지?"

"이 정도면 운명이지! 넌 내가 사귀었던 가장 재수 없던 놈한테 해코지 당할 뻔한 걸 구해줬잖아? 그 다음엔 네가 우리 엄마 금은방에 들렀었지? 어떻게! 대한민국의 그 많은 금은방 중에서! 우리 엄마가 금은방 한다는 것도 몰랐는데! 거기에서 나와 마주칠 수가 있겠어? 그리고 바로 여기!"

인비가 손가락으로 바닥을 가리켰다.

"여기 내 단골집이거든? 넌 자주 왔었어?"

"아니, 나 처음인데."

"거 봐! 난 하루에 한 번씩은 꼭 오는 곳이란 말야! 그런데 넌 오늘 여기 처음 와서 나랑 만났어! 이건 운명 아니야? 지웅이도 그렇게 생각하지?"

"…네가 하루에 한 번씩 오는 곳이니까 만날 가능성이 높았던 게 아닐까?"

"시끄러워!"

시끄럽다고 할 거면 내 의견은 왜 물어본 거야!

인비가 내게 팔짱을 꼈다.

"누군가 그랬어. 우연이 세 번이면 운명이라고. 역시 우린 운명인 거야."

얘가 왜 이렇게 오버를 하는 건지 모르겠다.

인비는 얼마 전부터 연락이 딱 끊겼다.

그동안은 하루걸러 한 번씩 전화나 문자를 했었다.

그런데 한 달 전 무렵이었나?

갑자기 연락이 끊기고 말았다.

인비가 워낙 나한테 이성적 관심이 있다는 걸 어필했었기에, 난 잘됐다 싶었다.

이제는 포기한 것이라 생각했다.

그런데 지금의 이 반응은 무엇일까?

"뭔가 지금 상황이 좀 이상하지 않아?"

"어떻게 이상한데?"

"아니… 계속 연락 없다가 갑자기 이러는 건……."

그 말에 인비가 씩 웃었다.

"역시 내 작전이 먹혀들었던 거였네?"

"작전이라니?"

"이른바 밀당이라는 거지. 매일같이 연락하던 사람이 갑자기 연락을 뚝 끊으면? 궁금해지겠지. 왜 연락을 안 하는지? 하루에도 몇 번씩 스마트 폰을 확인하게 되고."

이 여자가 지금 엄청난 착각을 하고 있다.

난 단 한 번도 인비의 연락을 기다린 적이 없었다.

단 한 번도!

어찌 되었든 인비는 날 꼬시려고 일부러 연락을 끊었다는 얘기를 하고 있었다.

"미안하지만, 오해야."

"오해는 무슨. 그러고 보니 이제 며칠만 더 있으면 졸업이네? 완전히 성인 되는 거잖아? 시기도 딱 좋다. 오늘부터 1일 할래? 누나가 잘해줄게~"

"그만하지?"

"쌀쌀맞은 건 여전하네?"

그때 사장이 우리에게 다가왔다.

"이건 또 못 보던 광경이네? 인비가 남자한테 이렇게 들이 댈 줄이야!"

사장이 매우 놀랍다는 얼굴로 말했다.

그러자 인비가 내 팔에 더 찰싹 매달렸다.

"지웅이는 다른 남자들이랑은 다르거든요~!"

"이거 괜히 질투 나는데?"

"질투 나도 어쩔 수 없어요."

교태 섞인 음성을 흘리는 인비.

난 그런 인비를 께름칙하게 바라보고 있었다.

그런데 갑자기 그녀의 얼굴에서 후광이 일었다.

이어 머리 위에 내 눈에만 보이는 커다란 네 글자가 척척!
박혔다.

'연.애.고.수!'

그렇다.

그녀는 연애 고수였다.

게다가 여자이니만큼 누구보다 여자의 심정을 잘 알 것이
다.

나는 인비의 손을 덥석 잡았다.

인비가 놀라움과 즐거움이 뒤섞인 얼굴로 날 바라봤다.

"인비야!"

"어머! 왜, 지웅아?"

"부탁할 게 있어."

"뭐든지 다 들어줄게. 얘기해 봐. 왜? 오늘 밤에 같이 있어
줄까? 아니면……."

"일단 나가자!"

나는 인비를 가게 밖으로 끌고 나갔다.

"어머~! 터프하기도 해라! 어디 갈까? 밖에 추우니까 따뜻한 모텔 갈래?"

헛소리를 해대는 인비의 뒤에서 가게에 홀로 남은 상덕이의 절규가 울려 퍼졌다.

"야! 나 아직 우동 다 안 먹었단 말이야! 야! 아, 몰라! 난 다 먹고 간다! 네가 남긴 것까지 먹을 거야!"

그래.

다 먹어라, 다 먹어.

*　　　*　　　*

나는 인비랑 남춘천역 근처의 카페에 왔다.

서로 주문한 음료수를 앞에 두고서 대화를 나눴다.

"흠~ 대리 고백?"

"응."

"그걸 왜 하는데?"

"아는 형이 워낙 숙맥이라서 내가 대신 고백해 주려고. 그런데 그냥 편지랑 선물만 전해주는 건 너무 뻔하잖아. 그래서 뭔가… 좀 더 좋은 방법이 없을까 하고."

"고백하려는 여자가 어떤 여잔데?"

난 복학생에게 들은 이하연의 이야기를 풀어놓았다.

이를 다 듣고 난 인비가 빨대를 물고 씩 웃었다.

"뭐야? 야생의 산이네."

"야생의 산?"

"그래. 사람의 발걸음을 한 번도 허락하지 않은 야생의 산."

"무슨 말이야, 그게?"

"생각해봐. 네 앞에 두 개의 산이 있어."

인비가 빨대에 음료수를 묻혀서 테이블에 작은 동그라미 두 개를 그렸다.

그리고 왼쪽 동그라미를 콕 찍으며,

"이건 야생의 산."

오른쪽 동그라미를 콕 찍으며,

"이건 뒷동산이야."

라고 말했다.

"그런데?"

"지웅이는 어떤 산에 올라가는 게 더 편하겠어?"

"당연히 뒷동산이지."

"왜?"

"가깝고, 누구나 올라갈 수 있고."

"왜 누구나 올라갈 수 있을까?"

"말했듯이 가까우니까?"

"가까워도 올라가는 길이 지랄 같으면 힘들 텐데?"

"사람들이 많이 왔다 갔다 했으니까 오솔길이 뚫려 있겠지."

"바로 그거야!"

인비가 테이블을 탁! 쳤다.

"이미 사람들이 많이 올라가 본 산은 오솔길이 뚫려 있어. 오솔길이 있으면 다른 사람들도 올라가기 쉬워. 하지만 야생의 산은? 그렇지가 않지. 올라가기 힘들어. 왜? 길이 없거든. 지금 네가 말한 그 모태 솔로 여자가 바로 이 야생의 산인 거야."

"아⋯⋯."

역시 연애 박사다.

대번에 이해가 확 간다.

"그 여자가 어떻게 해야 마음을 여는지 아무도 공략법을 몰라. 심지어 본인조차도 모르지. 그래서 이성의 어떤 행동이 자신의 가슴을 뛰게 하는지도 알 수 없어. 남자들이 여자를 어떻게 꼬시는 줄 알아? 이런저런 수작질을 걸면서 여자의 반응을 살펴. 이미 연애에 경험이 많은 여자들은 경계가 딱 서 있거든. 호감이 가는 남자와 가지 않는 남자. 그래서 그 경계를 살피면서 여자를 공략하는 게 남자들이야. 그런데 그 여자는?"

"경계가 없어?"

인비가 고개를 끄덕였다.

"응, 정확히는 스스로 경계를 몰라. 자기가 그걸 모르니 작업 거는 남자들도 도무지 이 여자를 모르겠는 거야. 그러니 뭐 연애가 될 리 없지. 그게 모태 솔로들의 특징이야. 사실 대부분의 사람들은 연애 한 번 안 해봤어도 그런 경계가 뚜렷한 거거든. 애매한 경우도 더러 있지만. 한데 이 모태 솔로들은 그 경계를 몰라. 그래서 더 공략하기가 어렵지."

"그럼 어떻게 해야 돼?"

"그 남자가 주기로 했다는 선물이 뭐야? 봐봐."

"응."

난 작은 상자를 내밀었다.

인비가 그것을 열어보더니 한숨을 푹 쉬었다.

"목걸이잖아?"

"목걸이야?"

"선물이 뭔지 열어보지도 않았어?"

"그야, 남의 거니까."

"큰일 날 사람이네. 대리 고백 해준다더니 일 다 망칠 셈이야?"

"왜? 목걸이면 괜찮은 선물 아닌가?"

그 말에 인비가 샐쭉 미소 지었다.

"그럼 나한테도 목걸이 사줄 거야, 지웅 씨?"

"…우리 현재의 상황에 충실해지자."

"재미없기는. 아무튼 이건 안 돼. 무조건 퇴짜야."

"이유는?"

인비가 목걸이를 주섬주섬 자신의 목에 걸며 말했다.

"연애 경험도 없는 사람한테 이런 거 주면 부담스러워서 숨이 탁 막혀. 남녀 사이에 가장 위험한 게 뭔지 알아? 서로의 존재가 부담스러워지는 거야. 그때부터 어색해지고 눈만 마주쳐도 이상한 공기가 감돌고 그러는 거라구."

"그럼 뭘 줘야 돼?"

"위기에서 구해줘."

"…뭐?"

"이런 타입은 커다란 자극을 주지 않는 이상 마음 열기 힘들어. 위기에 처했을 때, 누군가가 슈퍼맨처럼 나타나서 자기를 구해준다! 그 정도의 드라마가 없으면 안될걸."

"그게 말이 쉽지……."

그럼 위기 상황을 억지로 만들어낸 다음, 복학생이 적절한 타이밍에 나타나서 그녀를 구출하게 만들고, 고백을 해야 한다 이거야?

"어렵지?"

인비가 날 빤히 바라보며 물었다.

"어렵네."

"그럼 머리 복잡한 생각 그만하고 나랑 데이트나 하자!"

인비가 벌떡 일어나서 내 팔을 잡아끌었다.

집으로 가는 택시 안.

문자가 와서 확인해 보니 인비였다.

—너 이렇게 예쁜 여자 퇴짜 놓고 가버리면 택시 뒤집혀서 크게 다친다? 다시 오는 게 좋을 것 같지 않아?

저주를 해라, 저주를.

그나저나 인비의 말이 정답인 것 같긴 하다.

문제는 그런 상황을 어떻게 만들어내느냐 하는 것.

"머리 아프네."

혼잣말을 하며 눈을 감았다.

그때 머릿속에서 카시아스의 의지가 들려왔다.

[네 능력을 십분 활용해라.]

[카시아스? 어디 있어?]

[네 옆에.]

손을 내밀어 아무것도 없는 왼쪽 뒷좌석을 만져 보았다.

무언가 만져졌다.

머리인가?

[엉덩이다.]

"미, 미안!"

내가 놀라 소리치자 택시 기사가 룸미러로 날 봤다.

"네?"

"아, 아닙니다, 기사님."

[웬 호들갑이냐.]

[아무것도 아니야.]

카시아스가 여자라는 걸 알게 된 이후부터, 뭔가 그녀를 대하는 내 심경에 변화가 생긴 듯하다.

전 같았으면 내가 녀석의 엉덩이를 만지건 더한 곳을 만지건 신경도 쓰지 않았을 것이다.

그런데 지금은 그렇지가 않다.

아무리 고양이의 모습이라고 하지만 어찌되었든 내가 만진 건 여자의 엉덩이였다.

[그런데 무슨 능력을 사용하라는 거야?]

[루카스의 능력.]

루카스의 능력이라면… 포이즌?

[세상에 있는 모든 독을 만들어낼 수 있는 게 루카스의 능력이다. 아울러 독이라는 건 또 다른 독으로 해독이 가능한 경우도 있지.]

포이즌의 능력과… 독으로 독을 제압하는 법?

아… 그렇지!

[이제 그 답답한 머리가 좀 굴러가냐?]

[이왕 조언해 주는 거 끝까지 친절하면 어디 덧나냐?]

[바보에게는 조언도 사치다.]

[아무튼 고마워. 해결책이 떠올랐어.]

복학생의 고백을 이하연이 받아줄지 어떨지는 모르겠지만, 적어도 고백이 성공할 확률은 대폭 높일 수 있겠어.

그리고 그럴듯한 영상 또한!

Chapter 7
애니멀 링크

집에 들어와 바로 복학생에게 연락을 했다.

─여보세요.

"안녕하세요. 저 데일리 히어로 홈페이지 관리자입니다."

─아, 네.

"내일 무조건 제가 시키는 대로 하세요."

─네?

"그래야 하연 씨가 고백을 받아들일 가능성이 높아져요."

─하, 하지만… 제가 뭘 할 자신이 없어서 부탁을 한 건데…….

"간단해요. 의뢰인께서는 오후 네 시에 편의점에 들르기만

하면 돼요."

─그게… 다예요?

"네. 아무것도 하지 말아요. 단 시간은 정확히 지켜야 해요. 네 시. 그때 하연 씨가 일하는 편의점으로 들어오세요. 그리고 아무것도 하지 마세요. 그러면 됩니다."

─정말입니까?

복학생의 음성에는 불신이 섞여 있었다.

그래서 난 더 힘주어 말했다.

"네. 정말 그것뿐이에요. 나머지는 제가 다 알아서 할게요."

─…알겠어요. 그럼 그렇게 할게요. 내일 네 시라고 했죠?

"네 시 맞아요."

─알겠습니다.

복학생은 여전히 찜찜한 음성으로 통화를 끝냈다.

난 다시 상덕이에게 연락해서 내일 하교하고 바로 서울에 갈 터이니 열차표를 예매해 놓으라고 한 뒤, 갈아입을 옷을 책가방에 챙겼다.

그렇게 서울 갈 준비가 끝났을 때.

띠링!

─동영상을 본 사람들이 열광하고 있네요~! 김 반장을 구해줬던

지웅 님의 활약은 언제 봐도 멋지다니까요. 선행을 쌓아 19링크가
주어집니다.

링크가 적립되었다는 알림이 들려왔다.
그동안 심심찮게 조금조금씩 링크가 들어왔었다.
하지만 아직 모인 액수를 한 번도 확인해 보지 않았다.
"마인드 탭."

이름 : 유지웅

소속 : 지구, 대한민국

성별 : 남

나이 : 19

영력 : 17/17

영매 : 15

아티팩트 소켓 3/3

보유 링크 : 1,495

"우와, 티끌 모아 태산이라더니 이것도 무시 못 하겠네."
자고로 모은 돈은 쓰라고 있는 법!
"소울 커넥트!"

　　　　*　　　*　　　*

　　라헬이 전에 날 봤을 때와 똑같은 표정으로 심드렁하게 인
사를 했다.

　　"오셨어요?"

　　"또 거지 취급이냐?"

　　"왕 대접 받고 싶으면 오천 링크 정도는 들고 오시죠? 천오
백 링크로 영혼 하나나 겨우 사겠어요?"

　　"올 때마다 시비 걸면 평생 안 오는 수가 있다, 너."

　　라헬이 피식 웃었다.

　　"퍽이나."

　　"내가 살 수 있는 영혼이나 보여줘 봐."

　　"그러죠."

　　라헬이 손가락을 튕겼다.

　　그러자 그의 앞에 새로운 영혼 세 개가 나타났다.

　　"이 영혼들 전부 천 링크, 필요 영력은 16이죠. 왼쪽부터
소개할까요?"

　　라헬이 가장 왼쪽에 있는 영혼을 가리켰다.

　　"영혼의 이름은 카인. 살아생전 그의 능력은 애니멀 링크
였답니다."

　　"애니멀 링크?"

　　"동물과 교감하는 능력이죠. 그는 동물들이 하는 말을 모

두 알아들을 수 있었다고 해요. 그 능력으로 세간의 주목을 받았고, 이를 적극적으로 활용해 부와 명예를 거머쥐었죠."

동물과 교감하는 능력 하나로 그런 게 가능한가?

"참고로 카인의 직업은 해결사였답니다. 미궁에 빠진 사건, 사고들을 해결하고 그 대가로 돈을 받는 사람이었죠. 그는 동물들을 이용해서 풀기 어려운 살인 사건, 도난 사건의 범죄자들을 찾아내 엄청난 유명세를 탔답니다. 하지만 말년은 그리 좋지 않았죠. 사람들의 먹는 즐거움을 위해 죽어나가는 동물들을 안타까워하며, 동물들을 보호하기 위해 애썼답니다. 지금으로 따지면 동물애호가 정도 되겠죠. 그러나 데브게니안 대륙에서는 그런 논리가 통하지 않았어요. 결국 모든 사람들에게 외면 받으며 쌓아놓았던 부와 명예도 모두 잃고 외톨이가 되어 외로운 죽음을 맞게 됐죠."

따지고 보면 착한 일 하려고 했던 건데, 참 불쌍하다.

라헬은 가운데에 있는 영혼을 가리켰다.

"이 영혼의 이름은 제피엘. 영혼의 능력은 지(地) 속성 중급 마법 더트(Dirt). 제피엘의 인생사는 이렇다 할 게 없군요. 잘나가는 백작 가문의 마법사단장으로 있다가 다른 귀족 가문과의 전투에서 패하는 바람에 숨이 끊겼답니다."

라헬이 마지막으로 오른쪽에 있는 영혼을 가리켰다.

"마지막 영혼의 이름은 파멜라지나. 영혼의 능력은 화 속성 중급 마법 파이어(Fire). 그녀는 아름다운 외모의 왕실마법

사로 무난하게 살다가 무난한 죽음을 맞이했죠. 그러나 평생 남자 없이 혼자 살아갔답니다. 오래전부터 짝사랑하던 남자가 있었고, 그 남자가 죽었고, 파멜라지나는 다른 사람을 마음에 들이지 않았죠."

아름다운 여인이었다면 주변에서 대시하는 인간들이 제법 있었을 텐데.

게다가 왕실마법사면 상당한 권력은 물론 돈도 괜찮게 벌었을 것이다.

한데도 사랑했던 남자를 잊지 못해 모태 솔로로 세상을 마감하다니.

모태 솔로 벗어나려고 애쓰는 누군가와는 확연히 다른 인생이구나.

선택적 모태 솔로라.

"어느 영혼을 사시겠어요?"

라헬이 물었다.

"흠."

어떤 영혼이 좋을까?

화 속성, 수 속성, 뇌 속성 마법은 있는데 아직 지 속성 마법이 없다.

이참에 지 속성 마법을 살까?

아니면 화 속성 마법을 업그레이드시켜?

그것도 아니면… 가만, 애니멀 링크?

동물과 교감하는 능력이라고?

그러고 보니 의뢰 내용 중에 잃어버린 고양이를 찾아달라는 게 있었지?

이거다!

"카인의 영혼을 사겠어."

"카인이요? 정말이세요? 아니 왜 다른 좋은 영혼 놔두고 이런 아무짝에도 쓸모없는 영혼을 사려고 하시는 건가요?"

"늘 얘기하지만 그건 내가 판단해."

"카인의 인생이 말년이 어땠는지 다시 들려드릴까요? 외롭고 쓸쓸하게 죽었습니다. 당신도 그렇게 될지 몰라요. 동물들과 대화하다 보면 그들을 아끼는 마음이 커질 테니까요."

"난 그럴 일 없어. 적당히 타협할 줄 아는 인간이거든."

"마지막으로 물을게요. 정말 살 거예요?"

"내놔!"

"칫."

내가 소리를 버럭 지르고 나서야 라헬이 카인의 영혼을 내주었다.

밝은 빛의 영혼이 내 안으로 스며들었다.

"천 링크 받았네요."

"팔아줘서 고마워."

"그런데……."

라헬이 갑자기 섬뜩한 미소를 지으며 날 쏘아봤다.

"당신은 궁금하지 않으세요?"

순간 라헬과 나 사이에 흐르던 기류가 완전히 달라졌다.

이어 말도 못 할 압박감이 내 정신을 짓누르기 시작했다.

"윽!"

다리에 힘이 풀리고 미간이 찌푸려졌다.

라헬의 입가에 깃든 미소는 더욱 짙어졌다.

"모든 영혼을 다 사고 나면 무슨 일이 일어날까요?"

"…뭐?"

"레이브란데의 인과율… 그 끝에는 뭐가 있을까요? 다일리아 카시아스가 원하는 건 무엇일까요?"

라헬이 눈을 부릅떴다.

붉은 눈동자 주변으로 거미줄처럼 핏줄이 섰다.

그 모습이 기괴하고 오싹하기 그지없었다.

"갑자기… 그런 걸 왜 묻지?"

라헬은 아무런 대답도 없이 그저 날 노려봤다.

등줄기로 식은땀이 흘러내렸다.

"왜 물어봤을까요?"

맥이 턱 풀리는 것 같았다.

라헬이 언제 그랬냐는 듯 활짝 웃었다.

'…대체 저 자식 정체가 뭐야?'

혼란스러운 와중에, 라헬이 한 손을 배에 대고 허리 숙여 인사했다.

"안녕히 가시지요."

어둠은 사라졌다.

난 현실로 다시 돌아오게 되었다.

"……."

멍했다.

머릿속에서는 라헬이 했던 말이 계속 맴돌았다.

'레이브란데의 인과율… 그 끝에는 뭐가 있을까요? 다일리아 카시아스가 원하는 건 무엇일까요?'

"하아, 하여튼 진짜 께름칙한 놈이야."

그건 그렇고 카시아스가 무슨 목적으로 내게 레이브란데의 인과율을 시전했는지는 나도 의문이다.

그녀가 정말로 원하는 것이 무엇인지도.

하지만 카시아스는 아무것도 알려주려 하지 않는다.

뭘까.

내가 모르는 것, 그게 대체 뭘까.

그리고 내가 걷는 이 길의 끝엔 과연 뭐가 있을까.

＊　　　＊　　　＊

다음 날.

하교하자마자 학교 화장실에서 사복으로 갈아입고 춘천역으로 향했다.

상덕이와 함께 열차에 올라 용산역에 내렸다.

거기서 열차를 갈아타가며 홍대에 도착하니 3시 40분쯤 되었다.

우리 둘은 아무 카페나 들어갔다.

상덕이는 배가 고프다며 생과일 주스 한잔과 부리또를 주문했다.

녀석은 부리또를 맛있다며 잘도 먹었다.

난 복숭아 아이스티를 시켜 홀짝이다가 55분쯤 카페를 나섰다.

상덕이에게는 카페에 있다가 내가 연락하면 나오라고 언질을 해둔 이후였다.

정확히 4시가 되기 2분 전.

이하연이 일을 하는 편의점으로 들어섰다.

"어서 오세요~"

카운터에는 두 명의 알바생이 있었다.

그중 한 명은 밝게 인사를 건넸고, 다른 한 명은 손님이 오든 말든 시큰둥한 얼굴이었다.

가슴에 단 이름표를 보니 인사를 한 여인이 이하연이었다.

듣던 대로 예쁜 얼굴이었다.

게다가 상당히 밝고 쾌활한 기운이 느껴졌다.

사내들은 의외로 단순해서 잘 웃어주는 여자한테 마음을 빼앗기는 경우가 많다.

'저러니 남자들이 빠져들지.'

4시 1분 전.

매장 안을 둘러보다가 적당히 음료수 하나를 들고 카운터로 다가왔다.

슬쩍 매장 밖을 보니 저 멀리서 복학생이 다가오고 있었다.

'시간 칼같이 지키네.'

나는 가지고 온 음료수를 이하연에게 건넸다.

그리고 그녀가 손을 내밀 때, 작업에 들어갔다.

사실 난 포이즌을 이용하는 방법을 잘 몰라 어제 카시아스에게 물어봤었다.

하지만 카시아스 역시 그 방법에 대해서는 알지 못했다.

그래서 잠들기 전까지 포이즌의 사용법에 대해 연구했다.

그 결과 다행스럽게도 사용법을 터득할 수 있었다.

포이즌은 내가 그 기술을 사용하겠다는 의지에 따라 구현된다.

바로 지금처럼.

'독이 필요해.'

내 의지가 발현되는 순간 수백 가지 독의 이미지가 머릿속에 정립되었다.

신기한 것은 내가 그 독들을 전부 완벽하게 파악하고 있다는 것이다.

그중에서 난 신경을 마비시키는 독의 이미지를 택했다.

내 손끝에서 독성분이 만들어질 때, 이하연이 음료수 캔을 잡았다.

이하연의 손과 내 손이 살짝 맞닿았고, 그 찰나의 순간 독은 이하연의 몸속으로 침투했다.

이하연은 아무것도 모른 채 음료수를 스캔했다.

삑.

"천 원입니다."

"네."

계산을 마친 뒤, 내가 편의점에서 나서는 순간, 복학생이 안으로 들어섰다.

지금은 마스크와 선글라스를 착용하고 있지 않았기에, 복학생은 날 알아보지 못했다.

"어, 오빠?"

이하연이 복학생을 알은척했다.

"어… 하, 하연아."

"여긴 어쩐 일이세요?"

이미 난 편의점에서 많이 멀어졌지만 파펠의 능력으로 그들의 대화를 모두 들을 수 있었다.

"아, 그게……."

이하연의 질문에 복학생은 어쩔 줄을 모르고 더듬거렸다.

그때, 사건이 터졌다.

"아……."

이하연이 아찔한 신음을 흘렸고.

콰당!

쓰러지는 소리가 들렸다.

"꺄악!"

이건 동료 알바생의 비명 소리.

"하, 하연아!"

이건 복학생의 목소리.

"하연아! 왜 그래? 어디 아파? 이, 일일구!"

복학생은 119에 전화를 걸어 신고했다.

얼마 안 있어 구급차 한 대가 편의점 앞에 도착했다.

복학생이 하연이를 업고 나오자 구급대원들이 그녀와 복학생을 차에 태우고 병원으로 출발했다.

"정안종합병원? 오케이."

난 선글라스와 마스크를 착용한 뒤 상덕이와 합류해서 택시를 잡아타고 정안종합병원으로 향했다.

*　　　*　　　*

정안종합병원 응급실에 들어서서 복학생을 찾았다.

복학생은 구석 쪽 병원 침대 한곳에 서 있었다.

"하연아! 하연아~!"

나와 상덕이가 복학생의 곁으로 다가갔다.

상덕이는 병원 관계자들의 눈치를 보며 이 상황을 몰래 촬영하는 중이었다.

"저기요! 어떻게 된 거예요?"

내가 다가가자 복학생이 눈물 콧물 범벅이 된 얼굴로 돌아봤다.

"여, 여기는 어떻게 알고 오셨어요?"

"아니… 계획한 이벤트가 있어서 편의점으로 갔는데… 갑자기 의뢰인께서 하연 씨를 업고 나와서는 구급차에 올라타던데요?"

"그게… 하연이가… 하연이가 갑자기 쓰러져서."

"네?"

나는 모르는 체하고 이하연의 손을 잡았다.

"의식이 없으신 건가요?"

"네."

"제가 좀 볼게요."

복학생은 지금 이 상황이 너무 당황스러운지 별다른 의심 없이 고개를 끄덕였다.

난 이하연의 손에다 마비 독을 해독시키는 다른 독의 성분을 흘려 넣었다.

마비 독이나 지금 만들어낸 독이나 그 자체로만 있다면 인체에 좋지 않은 영향을 끼치지만 두 독이 서로 만나면 중화되어 사라져 버린다.

"하연 씨, 정신 좀 차려보세요."

이하연은 몸이 마비된 것뿐이지 정신은 말짱하다.

내가 독을 흘려보내 마비 독을 중화시킨 뒤, 몸을 살짝 흔들자, 옅은 신음을 흘렸다.

"으음."

'오케이.'

난 다시 뒤로 물러섰다.

복학생이 간절한 얼굴로 나를 바라봤다.

"어떤가요?"

이 사람이 지금 날 의사라도 되는 것마냥 착각하고 있는 모양이다.

그런데 대답은 다른 곳에서 들려왔다.

"괜찮아요… 오빠."

이하연이었다.

"하, 하연아!"

복학생이 이하연의 이름을 크게 외쳤다.

이하연이 힘든 미소를 지으며 그런 복학생을 지그시 바라봤다.

"이제… 좀 괜찮아지는 것 같아요."

복학생은 저도 모르게 이하연의 손을 덥석 잡았다.

"정말이야? 정말 괜찮은 거야?"

"네, 헤헤."

"다행이다. 정말 다행이야. 난 네가 어떻게 되는 줄 알았단
말이야."

"고마워요, 오빠. 오빠 아니었으면 진짜 큰일 났을지도 모
르겠어요."

"하연아……."

복학생을 향한 이하연의 눈동자 속엔 고마움과 미안함, 그
리고 애틋함이 담겨 있었다.

그렇지.

이게 내가 바라던 거지.

"저… 두 분, 이런 상황에서 좀 실례이긴 하지만 제가 해야
할 일이 있어서 잠깐 끼어들겠습니다."

이런 분위기라면 목걸이까지 같이 줘도 되겠지?

난 목걸이가 담긴 상자와 편지 봉투를 이하연에게 건네주
었다.

이하연이 당황스런 얼굴로 그것들을 바라봤다.

"사실 더 로맨틱한 분위기에서 드렸어야 했는데, 어쩌다
보니 이렇게 되었네요. 그건 이 남자분께서 이하연 씨에게 자
기 대신 전해달라고 부탁했던 선물과 편지입니다."

"…네?"

이하연이 내게 되묻고서 복학생을 바라봤다.

복학생은 이하연의 시선을 피하며 어쩔 줄 몰라 했다.

"제가 다른 사람의 부탁을 들어주는 일을 하고 있거든요.

남자 분께서는 오래전부터 이하연 씨를 좋아해 왔답니다."

"아……."

이하연이 탄성을 흘렸다.

그녀는 선물 상자와 편지 봉투를 번갈아 보고서 잠시 동안 무언가를 고민하는 눈치였다.

그러다 둘 다 복학생에게 내밀었다.

'뭐야? 고백 거부야?'

복학생이 잔뜩 실망한 얼굴로 그것을 건네받았다.

그러자 이하연이 복학생에게 말했다.

"선물은… 너무 부담스러워요."

윽, 역시 인비의 말이 정확했네.

"그러니까 나중에… 내가 더 많이 좋아지고, 나도 오빠가 많이 좋아지면… 그래서 나도 오빠한테 무언가 해주고 싶어지면 그때 줄래요?"

…어라?

실패한 게 아닌 것 같은데?

"그리고 편지는… 오빠가 있다 둘만 있을 때 읽어주세요."

복학생이 멍한 얼굴로 날 바라봤다.

나는 힘 있게 고개를 끄덕였다.

"하, 하연아… 그럼 우리 사귀는 거야?"

"몰라. 뭘 그런 걸 물어봐요. 편지 읽어주면 그때 대답해 줄게요."

그리 말하며 부끄러운 듯 얼굴을 붉히는 이하연.

이건 백 퍼센트 성공이다!

"하연아……."

복학생이 감격에 겨운 얼굴로 이하연의 손을 꽉 잡았다.

띠링!

—모태 솔로인 복학생의 앞날에도 핑크빛 기류가 흐르는 걸까요?
두 사람 사이에 사랑의 오작교를 놓아주셨네요! 선행을 쌓아 1링크가
주어집니다.

'이 정도면 됐네.'

내가 할 일은 여기까지다.

"이제 가자."

상덕이에게 말하고서 자리를 피해주었다.

응급실에서 나오자 상덕이가 넋 나간 얼굴로 중얼거렸다.

"될 놈은 되는구나……."

"뭐?"

"혼자 고백할 용기도 없어서 우리한테 부탁했던 거잖아,
저 복학생. 그런데 어떻게 오늘 편의점에 찾아와서는… 상황
이 이런 식으로 흘러가서 고백에 성공하냐?"

상덕이는 이 모든 일이 우연이라고 생각했다.

그것은 복학생도 이하연도 마찬가지였다.

우연 따윈 없었고 다 철저한 계산하에 만들어진 상황이라는 건 나밖에 몰랐다.

나는 복학생을 이하연의 슈퍼맨으로 만들어주었다.

인비가 말했던 강한 자극을 그녀에게 준 것이다.

그 덕분에 복학생의 고백이 성공할 수 있었다.

"영상은 어때?"

상덕이에게 묻자 녀석이 엄지손가락을 척 치켜세웠다.

"끝내줘. 엄청 괜찮은 영상 나올 것 같아."

"좋아."

"이제 들어줄 수 있는 의뢰는 다 들어준 거지?"

"아니, 하나 더 들어줘야 돼."

"응? 뭐가 더 남았어?"

"고양이 찾아달라고 했던 의뢰 있잖아?"

"그거 하게?"

"찾을 수 있을 것 같아."

"언제 하러 가려고?"

"곧."

"알았어. 일단 난 지금까지 찍은 영상 편집해서 올릴게."

"오케이, 부탁한다."

네가 있어 든든하다, 상덕아!

*　　　*　　　*

다시 춘천으로 돌아왔다.

밖에서 너무 돌아다녔던지라 바로 집으로 와 샤워를 마치고 엄마가 차려준 저녁을 먹었다.

'그러고 보니 요새 가게 일 안 도와준 지 오래됐네.'

내가 없어도 알아서 잘 돌아가는 가게이긴 하지만 그래도 자식 된 도리로서 조만간 들러봐야 할 것 같았다.

밤이 늦어 잠들기 전, 상덕이에게 연락이 왔다.

동영상을 업로드했다는 것이다.

난 당장 스마트 폰으로 홈페이지에 접속했다.

중딩에게 장난감을 사주는 영상, 병원 응급실에서 이하연에게 복학생 대신 고백을 해주는 영상들이 그럴듯하게 편집되어서 올라왔다.

유튜브의 데일리 히어로 채널에도 동시 업로드되었다.

"좋았어!"

첫 번째 동영상이 어느 정도 히트를 쳤으니 다른 동영상들도 분명 그 영향을 어느 정도는 받을 것이다.

내일 눈을 뜨면 얼마나 많은 링크가 적립되어 있을까, 기대하며 눈을 감았다.

수마가 빠르게 몰려왔다.

의식이 꿈속으로 침잠하던 와중.

띠링!

─동생에게 장난감을 사주고 싶어 하는 중학생에게 흔쾌히 장난감을 선물해 준 지웅 님의 아름다운 선행에 사람들이 감동하고 있네요! 선행을 쌓아 7링크가 주어집니다.

띠링!

─모태 솔로 복학생의 성공적인 고백은, 다른 모태 솔로 남녀들과 복학생들에게 희망을 주고 있어요. 많은 연애 고자들에게 밝은 내일을 꿈꿀 수 있게 해주셨네요? 참 잘했어요~! 선행을 쌓아 15링크가 주어집니다.

기분 좋은 소리가 들려왔다.

Chapter 8
양아치들

아침에 일어나자마자 내가 한 일은 들어온 링크를 확인하
는 것이었다.

"마인드 탭."

이름 : 유지웅

소속 : 지구, 대한민국

성별 : 남

나이 : 19

영력 : 17/17

끝내준다, 끝내줘.

난 소울 스토어에 접속해서 라헬과 실랑이를 벌이며 제피엘과 파멜라지나의 영혼을 사들였다.

둘 다 1,000링크이니 남은 건 1,201링크였다.

그런데 거기에서 또다시 링크가 불어나며 1,300링크를 넘어섰다.

"돈을 더 모아서 무한의 가방을 사야겠는데?"

무한의 가방은 2,300링크였다.

무한의 가방을 사용하기 위해서는 일단 아티팩트 소켓부터 업그레이드시켜야 한다.

난 다시 마인드 탭을 열어 아티팩트 소켓 탭을 터치했다.

팅—

—인피니트 포션

보유 중인 아티팩트

—레이븐 링: 레이브란데가 만든 반지. 반지를 착용한 자는 자신이 사들인 영혼의 능력을 타인에게 전이할 수 있다.

—비욘드 텅: 레이브란데가 만든 목걸이. 링크로 사들인 영혼의 능력을 십수 배 이상 강화시킬 수 있다. 단, 강화 유지 시간은 30분이며, 하루에 한 가지 능력밖에 강화할 수 없다. 강화시킨 능력의 유지 시간이 끝나면 그날 하루는 그 능력 자체를 사용할 수 없게 된다.

—인피니트 포션: 레이브란데가 절명의 미궁에서 발견한 고대의 아티팩트다. 인피니트 포션은 자체적으로 힐링 포션을 만들어낸다. 힐링 포션이 생성되는 기간은 한 달이다. 힐링 포션이 효력을 발휘하려면 반드시 병에 가득 채운 다음 그것을 전부 마셔야 한다. 만약 힐링 포션이 가득 채워지지 않았는데 마시거나, 가득 채워졌다 하더라도 전부 마시지 않는 경우, 아무런 효력을 발휘하지 않는다. 인피니트 포션의 효과범위는 신체의 일부가 완전히 잘려나가지 않은 한 모든 상처를 치료할 수 있다. 단, 상처가 난 지 2시간이 지나지 않아야 한다.

아티팩트 소켓을 업그레이드하시겠습니까?

업그레이드 비용은 500링크입니다.

[Yes/No]

헐.

2에서 3으로 업그레이드할 때는 200링크였는데, 이번엔 500링크라고?

아티팩트 소켓을 업그레이드하는 비용은 제법 세구나.

우선은 업그레이드를 해놓자.

'Yes'를 터치!

팅—

이것으로 아티팩트 소켓은 4가 되었다.

이제 무한의 가방을 사면 바로 사용할 수 있는 것이다.

남은 링크는 대략 800 정도.

무한의 가방을 사는 데 부족한 링크는 하루 이틀 정도면 금방 모일 것이다.

마인드 탭을 연 김에 지금까지 내가 얻은 영혼의 능력과 새로 얻은 영혼의 능력도 한번 살펴보기로 했다.

영매 탭을 터치.

팅—

영매

패시브 소울 : 11

—강인한 육신[소라스]

—뛰어난 청력[파펠]

—완벽한 절대 미각[리조네]

—뛰어난 요리실력[마르펭]

—뛰어난 민첩성, 근력[바레지나트]

—아이언 스킨[지그문트]

—굉장한 창술[블랑]

—굉장한 궁술[쟈비아]

—굉장한 리더십[길버트]

—포이즌[루카스]

—애니멀 링크[카인]

액티브 소울 : 7

—낭아권[무타진/소모 영력 1/재충전 5초]

—화 속성 초급 마법 번(Burn)[마르카스/소모 영력 5초
당 1]

—수 속성 초급 마법 아쿠아(Aqua)[레퓌른/소모 영력 5
초당 1]

—천상의 목소리[로레인/소모 영력 5초당 1]

　—뇌 속성 중급 마법 라이트(Light)[포포리/소모 영력 3
초당 1]

　—화 속성 중급 마법 파이어(Fire)[파멜라지나/소모 영
력 3초당 1]

　—지 속성 중급 마법 더트(Dirt)[제피엘/소모 영력 3초
장 1]

이렇게 보니 정말 많이 모으긴 한 거 같다.

"나 정말 인간이 아니잖아."

육신의 한계치는 이미 오래전에 인간의 수준을 뛰어넘었
다.

거기에다 불, 물, 번개, 땅 속성의 마법도 사용할 수 있었
다.

뿐인가?

소머즈 같은 청력에 일류 요리사도 울고 갈 절대 미각에,
괜찮은 요리 실력까지 겸비했다.

피부는 강철처럼 단단해서 어지간한 상처 하나 나지 않는
다.

거기다가 창술에 궁술까지 수준급이다.

뿐만 아니라 리더십까지 갖췄고, 동물들과 의사소통까지

할 수 있다.

하지만 그걸로도 만족 못 해서 천상의 목소리로 노래를 부른다.

화룡정점으로 수백 개의 독까지 만들어낼 수 있다.

중요한 건, 이 모든 능력들이 내가 사는 지구에서는 그렇게 많이 쓸 일이 없다는 것이다.

만약 이런 능력을 가지고 원시시대에 태어났다면 만인의 머리 위에서 왕처럼 군림하며 살았겠지.

그러나 지금은 이런 능력을 아무 데서나 선보이고 다니는 순간 쥐도 새도 모르게 이상한 집단에게 잡혀갈지도 모른다.

다운 타운만 해도 그렇다.

세상에 그런 세상이 존재할 거라고 누가 생각이나 했겠는가?

말이 나와서 얘긴데, 카시아스는 요즘에도 수시로 내게 다운 타운에 다시 한 번 찾아가라고 꼬드긴다.

나 참, 뭔 놈의 관심이 그다지도 많은지.

"지웅아~ 아침 먹자~"

거실에서 어머니가 날 불렀다.

"네~!"

난 신나게 대답하며 거실로 나갔다.

어머니의 아침밥상은 늘 정겹고 맛있었다.

　　　　*　　　*　　　*

　등교하기 전, 의뢰 게시판을 살폈다.

　아직 새로운 의뢰는 없었지만 방문자 수는 갑자기 늘어 누적 방문자 수가 1만이 되었다.

　동영상의 힘이 컸다.

　일단 난 고양이를 찾아달라는 의뢰에 댓글을 달았다.

　의뢰에 착수할 테니 연락을 달라는 내용이었다.

　답 댓글은 하교를 할 때까지 달리지 않았다.

　의뢰 글이 올라온 지 사흘이 넘었다.

　어쩌면 의뢰인은 여기에 글을 남기고서 사이트의 존재 자체를 잊어버렸을 수도 있다.

　아니면 고양이를 다시 찾았다거나.

　버스를 타고 우리 동네로 왔다.

　우리 동네 버스 정류장은 내가 전에 알바를 하던 편의점 앞에 있다.

　편의점을 지나치며 슬쩍 안을 살폈다.

　카운터에 서 있는 점장님 얼굴이라도 몰래 훔쳐보고 갈까 해서였다.

　사실 잠깐 들르고 싶은 마음도 있었지만, 그랬다간 점장님 성격에 한 시간은 족히 날 잡아둘 게 분명했다.

　처음엔 반갑다고.

그 다음엔 자기 혼자 심심하게 일하는데 의리 없이 혼자 가지 말라고.

눈에 뻔히 보이는 패턴이다.

그런데.

"어린놈들이 뭐하자는 짓거리야! 청소년들에게 담배는 몸에 해롭다! 그건 너희들의 몸에 대한 의리가 아니야!"

점장님의 고함 소리가 들렸다.

놀라서 편의점 내부를 살폈다.

웬 청년 셋이 카운터 너머에서 점장님을 노려보고 있었다.

"아~ 고딩 아니라고요! 담배 달라구요!"

그중 가장 키가 큰 놈이 소리쳤다.

점장님은 단호하게 고개를 저었다.

"절대 못 준다!"

그러자 이번엔 가장 험악하게 생긴 놈이 카운터를 주먹으로 쾅! 치며 윽박질렀다.

"우리가 우리 돈 내고 사겠다는데 왜 이래요!"

"돈이 문제가 아니야! 미성년자한테 담배 못 판다고 분명히 말했다! 내가 너희들한테 담배를 팔면 그건 내 양심에 대한 의리가 아니다!"

그 말에 여태껏 잠자코 있던 마지막 한 놈, 땅딸보가 바닥에 침을 탁 뱉었다.

"아이, 씨팔 진짜! 존나 짜증나게 하네, 꼰대가!"

"네 입으로 계속 더러운 말을 내뱉으면, 그건 곧 네 인격의 잣대가 된다! 네 인격에게 스스로 미안하지도 않냐!"

"아니 근데 아까부터 무슨 교과서에 나올 법한 말만 하고 있어! 담배나 달라고요, 좀!"

"그럼 민증을 가져와라!"

"집에 두고 왔다고 몇 번을 말해!"

그대로 놔뒀다간 저 자식들이 점장님 멱살 잡을 기세다.

하지만 점장님은 애들에게 맞으면 맞았지, 절대 손찌검할 분이 아니다.

점장님이 체력이 약해서도, 겁이 많아서도 아니다.

점장님은 정도가 아니면 걷지를 말라! 라는 것이 자신의 신조다.

어른이 되어서 아이들에게 손찌검을 하는 건 옳지 못한 행위라고 점장님은 생각한다.

'이럴 때 사용하라고 힘을 얻은 거 아니겠어?'

딸랑.

편의점 안으로 들어섰다.

문이 열리며 위에 달린 종이 울렸다.

점장님과 양아치 셋의 시선이 내게로 몰렸다.

"지웅아! 나가라!"

점장님은 내가 괜한 시비에 휩쓸릴까 걱정되는 모양이었다.

양아치들도 조용히 나가라는 눈빛을 보내고 있었다.

참나, 하나도 안 무섭다.

난 터벅터벅 카운터로 다가가서 점장님께 인사를 건넸다.

"점장님, 잘 지내셨어요?"

"지웅아, 나가리니까!"

"왜요? 점장님 보러 온 건데."

그때 키 큰 양아치가 건들거리며 말했다.

"아니 근데, 이 새끼가 지금 상황파악이 안되나? 저리 안 꺼져?"

난 놈을 바라보며 물었다.

"너 몇 살이냐?"

"알아서 뭐하게?"

"인생 피곤해지고 싶지 않으면 조용히 나가라."

"푸하하! 이거 또라이네? 야, 뒤지고 싶냐? 어?"

키 큰 양아치가 주먹으로 내 가슴을 툭툭 쳤다.

난 녀석에게 코웃음을 치며 도발했다.

"뭐해? 간지럽지도 않다. 안마하냐? 더 세게 때려봐."

"매를 벌어라, 개새끼야!"

키 큰 양아치가 제대로 주먹을 내질렀다.

놈의 주먹이 내 명치에 꽂혔다.

빡!

그런데.

"으아아악!"

비명을 지른 건 키 큰 양아치였다.

그 녀석은 날 때린 주먹을 움켜쥐고 부들부들 떨었다.

난 지그문트의 아이언 스킨으로 온몸이 강철처럼 단단하다.

한마디로 저 녀석은 지금 강철을 맨주먹으로 때렸다고 생각하면 된다.

모르긴 몰라도 어디 한군데는 골절됐을 것이다.

키 큰 양아치가 물러나자 험상궂은 놈과 땅딸보가 눈을 부라렸다.

"이 새끼가!"

두 놈이 동시에 주먹을 휘둘렀다.

난 이번에도 가만히 있었다.

빠박!

"으악!"

"아아악!"

한 놈은 내 얼굴을, 또 한 놈은 내 옆구리를 때리고서 사이좋게 아파했다.

난 똑같은 자세로 괴로워하는 세 양아치를 보며 말했다.

"다 때렸냐?"

"이, 이 새끼가······!"

키 큰 양아치가 여전히 상황 파악 못 하고서 발길질을 했다.

놈의 정강이가 내 허벅지를 후렸다.

빠악!

그 결과.

두두둑!

"끄어억!"

정강이 뼈 부러지는 소리와 함께 키 큰 양아치는 편의점 바닥을 굴렀다.

이쯤 되니 드디어 다른 양아치 두 놈은 이게 어떻게 돌아가는 상황인지 인지한 모양이다.

그리하여 그들이 도출한 결론은, 무기를 드는 것이었다.

험상궂은 놈은 매대에 진열되어 있던 샴페인 병을, 땅딸보는 커터 칼을 가져왔다.

그걸 본 점장님이 고함을 내질렀다.

"이놈들! 그만하지 못해! 더 이상은 못 봐준다! 계속 이렇게 나오겠다면 경찰에 신고할 수밖에 없어! 그렇게 되면 너희들은 범법자가 되고, 평생 남을 상처를 안고 살아가야 된단 말이다! 그건 너희들 인생에 대한 의리가 아니야!"

"닥쳐, 씨팔!"

땅딸보가 욕을 내뱉었다.

안타깝지만 점장님, 이 녀석들은 말로 해봤자 들을 놈들이 아닙니다.

"이얍!"

험상궂은 놈이 샴페인 병으로 내 머리를 후려쳤다.

쨍강!

샴페인 병이 깨지며 달콤하고 톡 쏘는 액체가 내 머리를 적셨다.

뒤를 이어 땅딸보가 커터 칼로 내 복부를 찔렀다.

하나 이번에는 그냥 맞아줄 수가 없었다.

칼에 찔렸는데도 상처 하나 없이 멀쩡하면 그런 날 점장님이 이상하게 볼 것이 분명했기 때문이다.

몸을 조금 틀어, 커터 칼을 흘려보내고 땅딸보의 손목을 낚아챘다.

"이제 내 차례다."

한 차례 경고를 날린 뒤, 바로 주먹을 휘둘렀다.

퍽!

"악!"

땅딸보는 얼굴을 얻어맞더니 그냥 주저앉았다.

놈이 쌍코피를 줄줄 흘리며 정신없어 하는 사이 험상궂은 놈이 깨진 샴페인 병을 내 등에 꽂으려 했다.

난 그대로 뒤돌아 팔꿈치를 휘둘렀다.

쨍강!

샴페인 병이 내 팔꿈치에 맞아 산산조각 났다.

험상궂은 놈은 놀라서 그대로 굳어버렸다.

그 사이 내 주먹이 놈의 안면을 가격했다.

픽!

"억!"

험상궂은 놈도 쌍코피를 흘리며 주저앉았다.

"점장님! 경찰서에 신고하세요!"

"오냐!"

이런 녀석들은 그냥 두면 안 된다.

점장님도 나와 같은 생각인 모양이었다.

점장님이 바로 경찰서에 신고를 하려 들자 키 큰 양아치가 갑자기 억울한 표정을 지었다.

"이 새끼! 너… 학생을 이렇게 패도 돼?"

"뭐?"

"우리 아무것도 안 했는데 일방적으로 때렸잖아!"

순간 땅딸보와 험상궂은 놈이 시선 교환을 했다.

그러더니 키 큰 양아치처럼 억울한 얼굴로 고래고래 소리를 질러댔다.

"나 지금 손목 부러졌어! 코뼈도 부러졌어!"

"내가 진단서 제대로 끊을 거야! 합의 절대 안 봐줘!"

아하, 지금 그러니까 협박하는 거지?

경찰 오면 피해자 코스프레 하겠다 이거지?

하지만 이걸 어쩌냐, 이 애송이들아.

"너희들 눈깔은 해태 눈이냐?"

"뭐?"

"저거 안 보여?"

난 손을 들어 천장 모서리를 가리켰다.

세 양아치의 시선이 내 손끝을 따라갔다.

그러고는 그대로 굳어버렸다.

거기엔 CCTV가 설치되어 있었다.

"너희들이 한 행동 다 찍혔다. 너희들, 편의점 들어와서 담배 달라고 행패 부리다가 날 집단 폭행한 것도 모자라서 흉기까지 휘둘렀지? 물론 너희들이 더 다치긴 했지. 그런데 난 딱 주먹질 두 번밖에 안 했거든. 누가 봐도 정당방위지. 그러니까 경찰서 가자. 가서 제대로 잘잘못 따져보자고."

양아치들은 입을 딱 다물고서 아무 말도 하지 못했다.

녀석들이 조금 누그러지자 점장님은 스마트 폰의 통화 버튼을 누르려다 말고 망설였다.

난 그런 점장님을 보다 고개를 절레절레 저었다.

'하여튼 너무 무르다니까, 사람이.'

나라도 경찰서에 신고를 할까? 하다가 문득 떠오르는 게 있어서 양아치들에게 물었다.

"니들 몇 살이냐?"

"……"

"……"

"......."

셋 다 입을 꾹 다물고 말을 하지 않는다.

"이번에도 대답 안 하면 맞는다. 몇 살이야?"

그러자 땅딸보가 황급히 입을 열었다.

"여, 열일곱이요."

"열일곱? 고 일? 어느 학교 다녀?"

"지광고요."

"지광고?"

내가 다니는 학교다.

오늘 아주 제대로 걸렸다, 이 새끼들.

난 당장 태진이에게 전화를 걸었다.

—웬일이냐?

태진이가 전화를 받자마자 의아하다는 듯 물었다.

"태진아, 너 어디냐?"

내 입에서 태진이라는 이름이 나오자 양아치들의 얼굴이 흙빛으로 변했다.

놈들은 제들끼리 설마설마하는 시선을 주고받았다.

—나 학교에서 축구하고 이제 집 가려고.

"인형극장 사거리에 있는 IU편의점 알아?"

—알지.

"거기로 와라."

—어따 대고 명령이야.

"안 와? 너 만약에 여기 안 왔다가 내가 너 찾아내면 그땐 뒷감당 못 한다."

—에이, 씨… 간다.

전화를 끊고 양아치들을 쭉 훑었다.

놈들은 잔뜩 주눅이 들어 있었다.

그런데 키 큰 양아치가 조심스레 내게 물었다.

"저… 근데 혹시 태진이라는 그 친구가… 장태진… 선배 말씀하시는 건지?"

"그래, 왜?"

"컥!"

"크헙!"

"자, 잘못했습니다!"

세 놈이 놀라는 리액션도 제각각이다.

"이미 저질러 놓고 잘못했다고 해봐야 아무 소용없다. 태진이 곧 온다니까 기다려."

양아치들은 패닉에 빠져서 어쩔 줄 몰라 했다.

확실히 태진이가 막나가긴 막나가나 보다.

지광고의 넘버원은 태진이가 아니라 박재춘이다.

하지만 박재춘은 고3이 되면서 나름대로 조용히 지냈다.

물론 그건 순전히 예전의 박재춘에 비하자면 그랬다는 거다.

자기 심기를 건드리면 일단 사람 무시하고 깔보는 성격이

고스란히 드러난다.

그 때문에 예전에 나랑도 매점에서 한 번 붙었었다.

결과는 박재춘이 형편없이 깨지면서 마무리되었었고.

어찌 되었든 잠잠한 박재춘과 달리 태진이는 온갖 사고란 사고는 다 일으키고 다녔다.

후배를 잡는 것도 태진이 몫이었다.

그렇다 보니 좀 논다는 후배들에게 태진이는 무서운 존재였다.

점장님이 편의점을 정리하려 했다.

그래서 나는 그러지 말라고 말렸다.

이 꼴을 만들어 놓은 놈들이 치워야 한다고 말이다.

"저렇게 다쳐서 정리를 할 수나 있을까?"

"그러니까 더 시켜야죠. 저놈들은 좀 아파봐야 돼요."

점장님과 몇 마디 대화를 나누는 사이.

딸랑.

편의점 문이 열리고 태진이가 들어섰다.

"왔냐?"

"그래, 왔다."

태진이가 못마땅하게 대답하며 편의점을 둘러봤다.

"근데 여기 꼬라지가 왜 이래? …어? 이 새끼들 뭐야?"

양아치들이 억지로 고통을 참으며 벌떡 일어서서 일제히 고개를 숙였다.

"안녕하십니까, 선배님!"

태진이가 인사를 받는 둥 마는 둥 하며 내게 물었다.

"얘들 왜 이래?"

"여기 점장님이랑 나랑 친분이 있는 사이거든. 내가 알바 했던 편의점이 여기라서. 그런데 이놈들이 담배 팔라고 난동 부리다가 나한테 걸렸다."

"샴페인 병은 왜 깨졌어? 커터 칼은 왜 굴러다니고?"

"샴페인 병은 저 험상궂게 생긴 놈이 내 머리통에 휘둘러 서 깼고, 커터 칼은 저놈 새끼가 쥐고 휘둘렀다."

"……"

태진이의 얼굴이 무섭게 변했다.

그에 양아치들은 바들바들 떨며 마른침만 꼴깍 삼켰다.

태진이가 두 손으로 머리를 쓸어 올리더니 한 자 한 자 씹 어 뱉었다.

"이 씹새끼들이 편의점 들어와서 개난동 부린 것도 모자라 서 지네 선배한테 연장을 휘둘러?!"

"자, 잘못했습니다!"

"살려주세요, 선배님!"

"으악!"

양아치들의 입에서 나온 말은 제각각이었지만, 행동은 똑 같았다. 셋 다 바닥에 납작 엎드렸다.

태진이가 고개를 좌우로 격하게 꺾었다.

뚝! 뚜둑!

"일단 치워."

양아치들은 아픈 몸을 이끌고 편의점을 청소하기 시작했다.

Chapter 9
고양이 루시

키 큰 양아치는 한재성, 험상궂은 놈은 김동해, 땅딸보는 홍성학이었다.

녀석들은 30분 동안 청소를 말끔하게 끝내고서 태진이 앞에 나란히 섰다.

하나같이 손을 포개서 앞에다 둔 것이 공손하기 그지없는 자세였다.

"재성아, 동해야, 성학아."

태진이가 세 놈의 이름을 불렀다.

"네!"

셋이 한 몸이라도 된 듯 똑같이 대답했다.

"한 번 더 이런 일 있으면 어떻게 할래?"

"안 그러겠습니다!"

"한 번 더 그러면 우리가 개새끼입니다!"

"이 근처엔 얼씬도 안 하겠습니다!"

태진이가 날 바라봤다.

"이제 됐지?"

"그걸로는 부족하지."

내 말에 세 녀석의 어깨가 움찔거렸다.

"어이, 후배들."

"……."

셋 다 대답이 없었다.

날 무시하는 게 아니라 무서워서 입이 떨어지지 않는 것이
었다.

"앞으로 너희들이 이 동네 물관리 해라."

"네?"

재성이가 이해되지 않는다는 듯 되물었다.

"너희 말고 다른 양아치들이 이 동네에서 비슷한 사건 일
으키지 않게 관리하라고. 중고딩 새끼들이 골목길에서 담배
피우거나 편의점 들어와서 행패 부리면 너희들이 해결하란
말이야. 알았어?"

그제야 세 녀석은 내 말을 알아듣고 크게 대답했다.

"네!"

그러자 태진이가 놈들의 뒤통수를 후려갈겼다.

타타탁!

"니들이나 잘해, 니들이나."

동해가 맞은 곳을 어루만지며 내게 말했다.

"아무튼 죄송했습니다, 선배님."

"사과는 점장님한테 해."

세 녀석은 얼른 점장님께 허리를 숙였다.

"죄송합니다."

"다음부턴 안 그럴게요."

"용서해 주십쇼."

점장님은 껄껄 웃으며 고개를 끄덕였다.

"그래, 진심으로 뉘우쳤으면 됐다! 상대방이 진심으로 다가오면 나 역시 진심으로 대해야 하는 것이 서로 간의 의리! 너희들의 진심은 나에게 전해졌다!"

태진이가 점장님을 이상한 눈으로 쳐다보며 내게 귓속말을 했다.

"저분 원래 저래?"

"응."

"특이한 분이네."

"좋은 분이야."

"아무튼 이제 됐지? 나 간다. 야! 니들도 꺼져!"

"네!"

양아치들이 우르르 몰려 나가고 태진이도 그 뒤를 따라 편의점을 나서려 했다.

"태진아."

"왜?"

"너 축구 진지하게 생각해 봐."

"…남이사."

"그 정도 재능이면 국가대표도 할 수 있을 거다."

"지금 네가 나한테 재능이 어쩌고 할 입장이냐? 괴물 같은 새끼."

"나랑 비교하지 말고 인마."

태진이가 작게 한숨을 쉬었다.

그러더니 무언가를 말하려는 듯하다가 그냥 편의점을 나가 버렸다.

뭐야? 뭐 말하기 힘든 고민 같은 거라도 있었나?

"고맙다, 지웅아."

점장님이 내 곁으로 다가와 어깨동무를 했다.

"고맙긴요."

"네 덕분에 일이 깔끔하게 정리됐어."

"점장님은 너무 물러서 탈이에요."

우리 점장님 이러다가 나중에 한번 크게 데이는 거 아닌지 걱정이다.

집으로 돌아와 다시 데일리 히어로 사이트를 확인했다.

그런데.

"이게 다 뭐야?"

사이트에 새로 올라온 의뢰가 자그마치 스무 개였다.

"대박이구나!"

드디어 제대로 터지기 시작했다.

안 그래도 오늘 하루 종일 띠링띠링거리면서 링크가 쉴 새 없이 적립되는 게 심상찮다고 느끼긴 했다.

아직 얼마나 적립되었는지는 확인해 보지 않아서 모른다.

두 배의 기쁨을 느끼기 위해서 잠들기 전에 확인해 볼 참이다.

"흠… 이걸 다 들어주려면 시간깨나 걸리겠네."

난 새로 올라온 의뢰들을 읽어볼 엄두가 나지 않아 고양이를 찾아달라던 의뢰의 댓글이 달렸는지만 확인했다.

그런데 의뢰인의 댓글이 달렸다.

[아직 고양이를 찾지 못했어요. 제발 찾아주세요. 부탁 드릴게요. 사는 곳은 경기도 구리시구요, 제 번호 남길 테니 연락주세요. 010—27XX—82XX]

경기도 구리시면 춘천에서 그리 멀지 않다.

경춘선 전철을 타고 가면 한두 시간 이내에 도착한다.

난 의뢰인에게 연락을 했다.

전화를 걸 때에는 늘 발신번호표시금지 서비스를 이용한다.

혹여라도 내 주변 사람이 의뢰인일 경우 번호를 보고 이 사이트의 주인이 나라는 걸 알 수도 있기 때문이다.

'투 넘버 서비스를 신청해야겠어.'

아니면 스마트 폰을 하나 더 만들든가.

신호음이 얼마 가지 않아 의뢰인은 전화를 받았다.

―여보세요?

여인의 음성이 들려왔다.

"안녕하세요. 데일리 히어로 사이트에서 연락드렸습니다."

―아! 안녕하세요!

"고양이를 아직 못 찾으셨다구요?"

―네… 벌써 일주일째예요.

일주일이라.

애완동물이 밖으로 나가서 일주일이 지났다면 살아 있을 수도, 혹은 죽었을 수도 있다.

여러 가지 경우를 생각할 수밖에 없게 만드는 상황이다.

우리 집도 예전에 강아지와 고양이를 모두 키웠던 적이 있었다.

처음에 고양이는 집 안에서 키웠다.

그런데 부모님이 털이 너무 날린다고 하여, 집 마당에 풀어놓고 방목했다.

처음에는 마당 밖으로 잘 나가지 않던 놈들이 하루 이틀, 간덩이가 커지더니 나중에는 온 동네를 돌아다녔다.

그럼에도 밥때가 되면 꼭 우리 집 마당으로 와서 야옹거리며 울었다.

그렇게 밖에 내놓은 고양이가 암컷, 수컷 두 마리였다.

두 녀석은 서로 교배해서 새끼도 낳고 잘 사는 듯했다.

하지만 동네의 다른 고양이들과 수시로 싸움을 벌였다.

자신의 영역을 지키기 위해서였다.

그렇게 몇 달이 지나고 새끼들이 무럭무럭 자라났다.

그때까지도 고양이들은 우리 집 마당을 떠나지 않았다.

그런데 웃기는 건 두 고양이들 사이에서 태어난 새끼 중 유독 거대한 녀석이 있었는데, 그놈이 아빠 고양이를 마당에서 쫓아내 버렸다.

그 이후로 아빠 고양이는 두 번 다시 볼 수가 없었다.

얘기가 샜지만, 한마디로 집에서 기르던 고양이들은 밖으로 나간다 해도 귀소본능이 있어서 다시 돌아온다는 얘기다.

고양이가 집 밖으로 뛰쳐나가서 돌아오지 않는 경우는 네

가지로 예측해 볼 수 있다.

　누군가가 잡아갔거나, 로드 킬을 당했거나, 잠깐 밖에 나간 그새 다른 고양이에게 쫓겨 멀리 도망갔거나, 발정이 났거나.

　차라리 발정이 난 경우는 교미만 하고 돌아오는 경우도 종종 있다.

　하지만 일주일이 넘도록 코빼기도 안 비치진 않는다.

　그렇다면 나머지 세 가지 경우 중 하나일 것이다.

　'이러나저러나 희망적이지는 않군.'

　이거 괜히 의뢰에 착수한다고 한 건 아닌지 싶다.

　새로운 능력을 얻어서 너무 들떠 있었던 모양이다.

　"근처에 고양이를 봤다는 사람도 없나요?"

　—있긴 있어요. 그런데 그 이후로 행방을 모르겠어요.

　"알겠습니다. 그럼 일단 만나서 의뢰 착수하도록 하겠습니다. 언제 뵈면 좋을까요?"

　—오늘은 안 될까요?

　의뢰인이 다급하게 말했다.

　"괜찮습니다. 다만 구리시까지 가려면 두 시간 정도 소요될 것 같습니다."

　—기다릴게요. 한시라도 빨리 우리 루시를 찾고 싶어요.

　고양이 이름이 루시인 모양이다.

　"네, 알겠어요. 그럼 어디서 만날까요?"

　—음… 구리역 1번 출구에서 뵀으면 해요.

"바로 출발하겠습니다."

—도착하면 연락 주세요.

"네."

전화를 끝내자마자 상덕이와 연락을 취했다.

그리고 책상 서랍에 넣어뒀던 인피니트 포션을 꺼냈다.

작은 유리병 안엔 맑은 액체가 가득 채워져 있었다.

이랑이에게 한 번 사용한 뒤 한 달이 지나서 저절로 가득 찬 것이다.

'혹시 고양이를 찾았을 때 많이 다쳐 있을지도 모르니까.'

고양이들은 의외로 생명력이 강하다.

그래서 교통사고를 당한 채 집에 돌아올 기력이 없어서 헐떡거리고 있을지도 모른다.

그때를 대비해서 인피니트 포션을 챙겼다.

밖으로 나갈 채비를 끝냈는데 엄마가 과일을 들고 내 방에 들어오셨다.

"응? 지웅이, 어디 나가니?"

"응, 약속이 있어서. 아, 오늘 외박할지도 몰라."

"그래… 근데 지웅아."

"응?"

"어차피 네가 대학 안 갈 생각인 건 잘 알겠고, 뭐 하고 싶은 일 없니?"

갑자기 시작된 엄마의 진로 공격에 살짝 멍해졌다.

"하고 싶은 거?"

"그래. 이제 그런 거 생각해 봐야 할 때가 아닌가 싶어서."

"글쎄… 아직 심각하게 생각해 본 적이 없는데."

"심각하게 생각해 봐. 그전까지야 엄마랑 아빠가 능력이 안 돼서 네가 하고 싶은 일이 뭔지 관심도 가지지 못했지만, 지금은 아니잖아. 엄마도 건강하고 아빠 장사도 잘되잖니. 네가 하고 싶은 게 있다면 얼마든지 지원해 줄게. 그러니까 그런 일이 생기면 바로 말해줘, 알았지?"

날 생각해 주는 엄마의 마음이 고마웠다.

난 미소 지으며 고개를 끄덕였다.

"응, 그럴게."

"그래, 착하다. 네 누나도 너처럼 말 좀 잘 들었으면 좋겠는데, 어찌나 쇠고집인지 모르겠다. 이제 직장 그만두고 다시 미대 시험 봐서 대학 들어가라고 귀에 딱지가 앉도록 말했는데 듣는 척도 안 한다. 언제 네가 한번 얘기해 볼래?"

하하, 누나가 또 한 고집 하지.

누나의 고집은 꼭 아빠를 닮았다.

아빠가 무언가 자기 생각 하나에 꽂히면 다른 사람의 말을 전혀 듣지 않는 타입이다.

"알았어, 그렇게 할게."

내가 집안일에 너무 신경을 안 쓴 게 맞긴 맞나보다.

데일리 히어로 사이트를 어느 정도 선에 올려놓으면 이제 시선을 안쪽으로 돌려야겠다.

한 달 전부터 생각했던 아버지 가게 분점 문제도 그렇고, 누나의 미대 진학 문제도 그렇고.

둘 다 확실하게 해결을 해야지.

돈이야 데일리 사이트의 의뢰 해결 영상을 통해 들어온 링크로 얼마든지 벌 수 있으니까.

*　　　*　　　*

상덕이와 구리역에 도착한 시간은 오후 5시 경이었다.

우리가 1번 출구에 도착해서 주변을 두리번거리자 누군가 뒤에서 말을 걸어왔다.

"저… 혹시 데일리 히어로?"

뒤돌아보니 스무 살 초반 정도 되어 보이는 긴 생머리의 여인이 우리를 바라보고 있었다.

그녀가 이번 의뢰인이었다.

상덕이가 의뢰인을 보고서 저도 모르게 말했다.

"예쁘다……."

난 상덕이를 한심하게 쏘아본 뒤, 의뢰인에게 인사를 건넸다.

"안녕하세요, 데일리 사이트 운영자입니다."

"전 민하늬라고 해요. 전 그냥 운영자님… 이라고 부르면 되나요?"

생각해 보니 전부터 이게 계속 불편했다.

딱히 나를 지칭할 만한 이름을 만들어 놓지 않았었다.

무엇으로 하는 게 좋을까 생각하다가 평소에 내가 쓰는 메일 이름을 말했다.

"오들리(Oddly)라고 부르세요."

"오들리? 오들리 햅번?"

"아니오. 그건 오드리 햅번이구요."

"아… 그런가요? 아무튼 오들리 님, 이렇게 와주셔서 감사해요."

"의뢰를 하겠다고 했으니 당연하죠."

"그런데 정말 아무 조건도 없이 의뢰를 들어주시는 건가요?"

"제가 의뢰를 무사히 완수하게 되면 후기란에 후기 글을 올려주세요. 그것만 지켜주면 됩니다."

"당연히 그렇게 해야죠! 루시는 저한테는 가족이나 다름없는 아이예요. 꼭 좀 찾아주세요. 하루하루 루시가 걱정돼서 잠도 제대로 못 자고 있어요. 정말 가슴속이 다 썩는 거 같아요."

그 말에 상덕이가 나섰다.

"그럼요! 반드시 제가 루시를 찾아 드리겠습니다!"

"네? 아… 네. 감사합니다."

민하늬를 바라보는 상덕이의 눈이 이글이글 타올랐다.

하여튼 이 녀석은 예쁜 여자 앞에서 정신을 못 차린다니까.

"근데 어쩌다가 고양이를 잃어버리신 거예요?"

"아… 저희 집 근처로 가면서 설명 드릴게요. 여기서 십 분만 걸어가면 돼요."

"그러죠."

*　　　*　　　*

우리 세 사람은 도로변 거리를 나란히 걸었다.

민하늬는 힘없이 걸음을 옮기며 루시에 대한 이야기를 늘어놓았다.

"루시는 영리한 고양이였어요. 보통 고양이들이 강아지 같지 않아서 개인주의가 심하다는 건 알고 계시나요?"

"네, 저도 고양이를 키워본 적이 있거든요."

"어머, 정말요?"

민하늬가 우리를 만나 처음으로 미소 지었다.

그러자 상덕이가 끼어들어 소리쳤다.

"저, 저도 고양이 키워봤었습니다!"

…넌 키운 적 없잖아, 인마.

민하늬가 화들짝 놀라서 상덕이를 멍하니 바라보다 고개를 끄덕였다.

"아… 네, 네. 아무튼 다들 고양이를 키워보셨다니 잘 아시겠네요. 고양이들은 성격 자체가 사람한테 살갑진 못해요. 도도하고 자기중심적이죠. 그런데 또 그게 매력이기는 해요."

그렇다.

우리 집도 고양이를 두 마리 키웠었다.

녀석들이 낳은 새끼들까지 합하면 일곱이다.

그런데 그 대부분의 고양이들이 하나같이 자기중심적이었다.

유일하게 어미 고양이만 나와 우리 가족을 잘 따르고 친근하게 대했었다.

"루시는 달랐어요. 루시는요. 고양이가 아니라 강아지 같았어요. 그래서 별명도 개냥이었어요. 걔는 집 안 어디에 있든 내가 자기 이름 부르면 야옹야옹 하면서 다가와요. 양말 같은 거 돌돌 말아서 던지면 후다닥 달려가 물어 오구요. 애교도 얼마나 많은지 몰라요. 잘 때는 꼭 제 품에 안겨서 자곤 했어요."

우와, 고양이가 그랬다고?

그건 정말 개냥이다, 개냥이.

"정말 예뻤겠네요."

"그럼요. 그런데 루시는 툭하면 바깥에 나가고 싶어 했어요. 그래서 제 방 창문을 열고 마당으로 나가는 걸 다시 잡아오는 일이 빈번했죠. 그러다 보니 어느 순간부터는 창문을 아예 잠가놓고 살았어요. 그런데 일주일 전에 엄마가 제 방 청소하면서 환기시킨다고 창문을 열어놓은 거예요."

"루시가 그 틈에 밖으로 나간 거군요."

"네. 그러면 안 되는데 당시에는 엄마가 너무 밉더라구요. 가족들이 다 밖으로 나가 온 동네를 뒤졌는데도 루시는 볼 수 없었어요."

민하늬의 눈에 눈물이 맺혔다.

난 가방에서 휴지를 꺼내 그녀에게 건네주었다.

"아, 감사합니다."

민하늬가 휴지로 눈물을 닦았다.

이를 본 상덕이가 혼잣말을 중얼거렸다.

"젠장, 나도 휴지 있었는데."

이 녀석이 하여튼 일 할 생각은 안 하고.

"루시의 특징이 어떻게 되죠?"

"털이 연한 노란빛이에요. 치즈색이라고 생각하시면 돼요."

"아, 알아요, 어떤 빛깔인지. 코숏이었나요?"

"맞아요! 역시 고양이를 키워보신 분이시라 잘 아시네요."

코숏이란 코리안 숏헤어의 줄임말이다.

코리안 숏헤어는 한국에 가장 많이 사는 고양이 종이다.

내가 키웠던 고양이들도 코리안 숏헤어, 즉 코숏이었다.

"같이 기르던 고양이는 없었구요?"

"없었어요. 안 그래도 루시가 너무 외로워 보이고 자꾸만 밖에 나가려고 해서 한 마리를 더 분양받으려던 참이었어요. 그런데……."

민하늬가 입을 다물었다.

겨우 눈물을 참아낸 그녀가 화제를 돌렸다.

민하늬는 루시와 있었던 추억이나 재미있었던 일화들을 들려주었다.

그러는 사이 그녀의 집 근처에 도착하게 되었다.

"여기가 우리 집이에요."

그녀의 집은 주택단지에 있는 2층짜리 단독주택이었다.

집집마다 넉넉한 마당을 가지고 있어서 애완동물을 키우기에는 괜찮은 환경이었다.

'이런 동네에서 고양이를 잃어버렸으니 더 찾기가 힘들었겠지.'

주택단지는 제법 넓었다.

고양이는 담벼락을 넘어서 금방금방 멀리 가버리지만, 사람은 그럴 수가 없다.

그건 월담 행위이므로 법에 저촉된다.

그래서 골목으로 돌아 돌아가며 고양이를 쫓아야 하는데, 그사이 이미 고양이는 사라지고 난 후일 것이다.

"루시는 하늬 씨가 집을 비운 사이에 사라졌으니 처음에 어느 방향으로 간 것인지도 모르겠네요?"

"네… 너무 아는 게 없죠? 죄송해요."

민하늬가 미안해하니 상덕이가 과하게 고개를 저었다.

"아니요! 죄송할 거 하나도 없습니다!"

"그래도… 더 도움을 드려야 하는데……."

"혹시 털 색깔 말고 다른 특징은 없나요?"

"꼬리 끝이 좀 휘었구요, 아! 사진 보여드릴게요."

민하늬가 스마트 폰을 꺼내서 루시의 사진을 보여주었다.

"예쁘죠?"

민하늬의 스마트 폰 액정 속에선 치즈빛 털을 가진 고양이 한 마리가 방긋 웃고 있었다.

설마 고양이가 미소 지을 리 없겠지만, 꼭 웃는 것처럼 보이는 구도로 사진이 찍혔다.

루시는 민하늬의 말대로 정말 예뻤다.

내가 여태껏 보아왔던 그 어떤 코숏보다도 말이다.

"정말 예쁘네요, 그렇지?"

내가 상덕이에게 물었다.

"응… 정말 예쁘다."

그렇게 대답하는 상덕이의 시선은 스마트 폰 액정이 아닌 민하늬의 얼굴에 꽂혀 있었다.

아이고, 이 화상아.

"어쨌든 알겠습니다. 일단 찾아보도록 할게요. 하늬 씨는 집에 들어가 계세요. 아홉 시쯤에 찾든 못 찾든 연락드릴게요."

"네, 부탁드릴게요."

우리는 민하늬를 집 안으로 들여보낸 뒤 가볍게 마을을 한 바퀴 돌아보기로 했다.

마을 곳곳엔 길고양이들이 생각보다 훨씬 많았다.

그리고 집집마다 개를 기르는 건지 우리가 집 앞을 지날 때마다 컹컹! 짖는 소리가 시끄러웠다.

"근데 고양이 찾을 수 있겠냐?"

상덕이가 걱정스럽게 물었다.

"해봐야지."

애니멀 링크가 이 의뢰를 해결하는 데 큰 도움을 줄 수 있길 바랄 뿐이다.

Chapter 10
고양이 사냥꾼

　지금까지 난 한 번도 애니멀 링크의 능력을 사용해 보지 않
았다.

　사용할 일도, 사용할 만한 동물도 없었기 때문이다.

　이것 역시 사용법을 나 스스로 알아내야 했다.

　'어디 말 걸 동물 없나?'

　그렇게 생각하며 어느 저택 대문을 지나가던 차였다.

　컹컹!

　개 짖는 소리와 함께 철창으로 된 대문이 덜컹거렸다.

　"으악!"

　상덕이가 놀라서 자빠졌다.

마당에 풀어놓은 중형견이 나와 상덕이를 보고서 사나운 이를 드러내며 경계했다.

개의 종류는 무엇인지 모르겠다.

아무튼 전신이 검은색 털로 뒤덮여 있었고 눈동자는 갈색이었으며 꼬리가 짧았다.

인상은 험악하기 그지없었다.

으르르르르! 컹컹!

개는 계속해서 날 보며 짖었다.

상덕이가 내 손을 끌어당기며 말했다.

"야, 얼른 가자. 그러다 대문 열리면 어쩌려고?"

개가 손이 있는 것도 아닌데 그럴 일이 있겠냐?

난 철창문 앞에 쪼그려 앉아 개와 시선을 맞췄다.

컹컹!

개는 더욱 심하게 짖어댔다.

그러거나 말거나 난 녀석과 대화를 하기 위해 정신을 집중했다.

그러자 갑자기 내 의식이 놈의 의식 주파수와 혼연일체가 되는 기분이 들었다.

이윽고.

컹컹!

'떨어져! 저리 가라고!'

개의 생각을 들을 수 있었다.

"야, 뭐해?"

상덕이가 자꾸만 날 재촉했다.

"잠깐만."

컹컹!

'저리 가라고 했다!'

개의 말을 계속 듣던 난, 내 의지를 개에게 전했다.

[난 네 영역 침범할 생각 없어. 그냥 궁금한 게 있을 뿐이야. 그러니까 조용히 해봐.]

순간, 미친 듯이 짖던 개가 눈을 부릅뜨며 입을 턱 다물었다.

"어? 조용해졌다."

상덕이가 신기한 듯 개를 바라보았다.

개는 내게 기이한 시선을 던졌다.

'…어떻게 한 거지?'

[한 가지 물어볼게. 혹시 루시라는 이름의 고양이를 알아?]

'루시? 아니, 모른다.'

개가 고개를 절레절레 저었다.

허어, 모른다는 의사 표현을 개들도 저런 식으로 하나?

아니면 사람을 보면서 배운 건가?

[잠깐만 기다려 봐.]

난 민하늬에게 전화를 걸어 상덕이의 번호를 알려주고 거기에다가 루시의 사진을 전송해 달라 부탁했다.

곧 루시의 사진이 도착했고.

"앗싸! 내 개인번호를 하늬 씨가 알았어!"

상덕이가 좋아했다.

난 상덕이의 스마트 폰을 빼앗아 개에게 보여주었다.

[이렇게 생긴 고양이야. 본 적 없어?]

개는 한동안 사진 속 루시의 모습을 주시하더니 고개를 갸웃거렸다.

'못 본 것 같아.'

[그래, 고맙다.]

결국 별 소득이 없었다.

뭐, 첫술에 배부르란 법 없으니까.

난 다른 곳으로 걸음을 옮기려 했다.

그때였다.

컹!

개가 짖어서 녀석을 다시 바라봤다.

그러자 개의 의지를 다시 읽을 수 있었다.

'고양이를 잃어버린 건가?'

[응.]

'해가 일곱 번 바뀌기 전 날에… 고양이의 비명 소리가 들려왔다.'

해가 일곱 번 바뀌기 전 날?

일주일 전이라는 뜻인가?

[비명 소리?]

'다급한 것 같았다. 고양이끼리 싸우면서 내는 그런 소린 아니었어. 커다란 공포에서 살려달라고 하는 것 같았다.'

[그래? 그 소리가 어디쯤에서 들렸지?]

'정확한 위치는 말하기 어렵지만… 아무튼 그렇게 멀지 않았다. 이 근방이었다.'

[알았어. 정말 고마워!]

아주 중요한 단서를 얻었다.

조사 방향을 확실히 세운 내게 상덕이가 물었다.

"너 왜 자꾸 저 개랑 눈싸움하는 거야?"

"귀여워서."

"귀여워? 저게?"

상덕이가 질렸다는 표정으로 나와 개를 번갈아봤다.

그러자 개가 상덕이를 노려보며 으르렁거렸다.

'닥쳐, 못생긴 인간!'

상덕이는 개한테도 소박맞는구나.

"상덕아. 너 이 근처 돌아다니면서 사람들한테 일주일 전에 고양이 비명 소리 듣지 못했냐고 물어봐. 루시 사진 보여주면서 행방도 물어보고. 아, 내 폰으로도 사진 전송해 줘."

아무래도 상덕이와 함께 행동하면 동물들과 대화하는 게 조금 불편할 듯 했다.

"따로 행동하자고?"

"응, 그게 더 효율적이잖아."

"나 낯선 곳에서 혼자 돌아다니는 거 싫은데."

"네가 애냐? 빨리 가!"

"알았다, 알았어!"

상덕이가 입술을 죽 내밀고서 툴툴거리며 멀어졌다.

"시작해 보자."

*　　*　　*

난 주변을 돌아다니며 만나게 되는 개들에게 루시에 대해 물었다.

하지만 다들 일주일 전에 근처에서 고양이 비명소리를 들었다는 말만 할 뿐이었다.

그러다가 어느 집 담벼락에 올라앉아 날 경계하고 있는 검은 고양이를 발견했다.

고양이는 나와 시선이 마주치는 순간 도망가려 했다.

하지만 그때!

[가지 마!]

내 의지를 전하자 고양이는 움찔하며 멈춰 섰다.

고양이가 동그랗게 뜬 눈으로 날 노려봤다.

[너한테 물어볼 게 있어. 그러니 가지 마.]

'뭐야 너. 이런 식으로 의사소통을 하다니?'

[좀 특별한 사람이라고 생각하면 돼.]

고양이는 경계의 시선을 거두지 않았다.

내가 한 발 다가가면 뒤로 한 발 물러섰다.

[알았어, 가까이 안 갈게. 그냥 여기서 물어볼 테니 아는 게 있으면 대답해 줘.]

'…신기한 인간이네.'

고양이가 내게 호기심을 가졌다.

하지만 경계심을 푼 건 아니었다.

[혹시 루시라는 고양이를 아니?]

그 이름이 나오자 고양이의 눈초리가 매서워졌다.

'뭐야? 그 녀석은 왜 찾아?'

[알아?]

고양이가 무슨 기척을 느꼈는지 뒤를 휙! 돌아봤다.

그 상태로 가만히 있던 고양이는 다시 내게 시선을 돌렸다.

'알지. 세상 물정 모르던 애송이.'

[언제 만났었어?]

'해가 일곱 번 바뀌기 전날에 만났었지. 인간의 집에서 편안하게 지내던 녀석이었어. 천진난만하기 그지없었지. 그놈은 쥐를 사냥할 줄도 몰라.'

고양이는 루시에 대한 인상이 좋지 않았던지 줄줄이 험담을 늘어놓았다.

[그래서 만났다는 거지?]

'내가 쥐를 잡아먹고 있을 때 눈이 마주쳤지. 역한 냄새가 나는 깨끗한 털을 보고 집고양이라는 걸 알았어.'

[역한 냄새?]

'너한테도 그 냄새가 나. 특히 머리에서.'

샴푸 냄새를 말하는 건가?

고양이들은 그런 냄새를 별로 좋아하지 않는 모양이다.

'아무튼 연약한 놈이었지. 그래서 짜증났어. 사람에게 길들여져서 사람이 주는 밥을 먹고 아양 떨며 살아가는 꼬라지라니.'

[험담은 됐고, 루시가 어디로 갔는지 봤어?]

고양이가 앞발을 들어 올리며 살살 핥았다.

'내가 이빨 좀 들이댔더니 놀라서 저쪽으로 가더군.'

고양이는 앞발을 핥다 말고 옆 골목을 바라봤다.

[저 골목으로 갔단 말이야?]

'그래.'

[알았어, 고마워.]

*   *   *

골목으로 들어와 한참 동안 이곳저곳을 헤매고 다녔다.

갔던 길을 또 가보고 다시 가보고 다시 가봐도, 이렇다 할 성과가 없었다.

그 골목 안에 줄지어 늘어선 주택들은 대부분이 빈집이었다.

허술한 철문 너머로 유령처럼 늘어진 주택들이 사람의 손길을 그리워하고 있었다.

가끔 사람이 사는 곳 같은 집도 있었는데 개를 키우지 않았다.

나는 지금 동물을 찾아 대화를 해야 하는데, 동물이 보이지 않으니 답답한 노릇이었다.

그때였다.

야옹~

고양이 울음소리에 고개를 돌렸다.

내 오른편 담벼락 위에 하얀 고양이 한 마리가 서서 날 보고 있었다.

그런데 그 눈빛이 심상찮았다.

나를 몹시 경계하는 한편, 여차하면 공격하겠다는 투지가 엿보였다.

난 고양이와 대화를 시도하려 했다.

하지만 고양이는 그러고 싶은 마음이 없는 모양인지 몸을 잔뜩 뒤로 빼며 자세를 낮추고서 입을 쩍 벌렸다.

하악!

상대방을 경계할 때, 공격 태세에 임할 때만 한다는 하악질을 했다.

난 두 손을 뒤로 감췄다.

그리고 한 발 물러나며 고양이를 가만히 바라보았다.

그 상태에서 눈을 마주치고 천천히 깜빡깜빡거렸다.

지금 내가 하고 있는 건 고양이들끼리의 의사소통 수단이다.

이런 식으로 눈을 천천히 깜빡이는 건 '난 너와 싸울 의사가 없다' 라는 뜻이다.

하지만 고양이는 쉽게 경계를 풀지 않았다.

그렇게 5분 정도가 흘렀다.

난 조심스레 고양이에게 말을 걸었다.

[내 말이 들리니?]

'……!'

고양이가 몸을 바짝 세웠다.

난 그런 고양이에게 다시 말을 건넸다.

[겁먹지 마. 아무런 해코지도 하지 않아. 난 너와 싸우러 온 게 아니야.]

그러자 고양이가 다시 한 번 하악질을 했다.

하악!

'웃기지 마! 너도 그놈이랑 한 패지!'

[뭐? 그놈? 그놈이라니?]

'우리들을 잡아가는 그놈!'

[잡아가? 너희들을? 누가 그런 짓을 한다는 거야?]

'모르는 척하지 마!'

고양이는 발톱을 잔뜩 세우고서 전보다 더 무섭게 날 노려 봤다. 그리고 위협적인 신음을 흘렸다.

으르르르르르!

순간 놀라운 광경이 벌어졌다.

내 주변의 담벼락에서 고양이 십수 마리가 나타났다.

아무래도 저 하얀 고양이 녀석이 이 동네의 대장인 모양이 다.

'그 녀석은 보통 인간과 다른 기운이 느껴졌어. 너무나 강 렬했어. 너처럼.'

[뭐?]

'너도 그놈과 한패인거야.'

[대체 무슨 말을 하는 건지 모르겠지만, 나는 잃어버린 고 양이를 찾으러 온 것뿐이야.]

'시끄러워!'

하악!

하얀 고양이의 하악질에 다른 모든 고양이들이 가래 끓는 소리를 내며 전투 태세를 갖췄다.

이거 난감하네.

고양이 찾으러 왔다가 온 동네 고양이들과 전면전을 벌이 게 됐으니, 원.

하얀 고양이가 날카로운 이를 드러내며 앞발과 뒷발에 힘을 주었다.

당장에라도 내게 뛰어들 듯한 그런 포즈였다.

그리고 녀석이 뒷발을 쭉 튕기려는 순간!

야옹~

갑자기 들려온 평온한 고양이의 울음소리에 하얀 고양이는 행동을 멈췄다.

모든 고양이의 시선이 오른쪽 담 너머 초가집 지붕 위로 향했다.

거기엔 나와 처음 만났던 검은 고양이가 서 있었다.

[너구나!]

내가 녀석을 알은척했다.

하얀 고양이도 검은 고양이를 보고 말했다.

'반쪼가리는 끼지 마라.'

'반쪼가리?'

하얀 고양이가 검은 고양이를 조롱하듯 설명해 주었다.

'인간들과 살다가 길고양이 신세가 된 녀석들을 반쪼가리라고 부르지.'

뭐야, 그럼 저 녀석은 원래 사람의 손에 컸던 녀석이었단 말야?

그런데 아까는 왜 집고양이들을 경멸하는 발언을 했던 거지?

'반쪼가리든 뭐든 지금 난 강해. 아무튼 저 인간의 말은 진

짜야.'

'인간을 경멸한다던 녀석이 다시 인간 편을 들려고 하는 거냐?'

'그거랑 이거랑은 별개지. 잃어버린 우리 동족을 찾으려고 한다잖아.'

'훙, 웃기는군. 키우던 주인에게 버려졌을 때 밤새 무서워 덜덜 떨던 꼴이 아직도 내 두 눈에 선하다.'

'마음껏 조롱해. 그땐 그랬으니까. 설마 잘 키우던 날 버리고 이사 갈 줄은 생각도 못 했었어. 사람 손 탄 고양이가 밖에서 살아가는 게 얼마나 힘든 일인지 알았다면 그렇게 책임 없는 행동은 못 했을 거야.'

검은 고양이는 스스로에 대한 프라이드가 굉장히 높은 것 같았다.

녀석은 하얀 고양이의 조롱을 담담하게 받아쳤다.

오히려 자기 스스로 암울했던 과거를 모조리 털어놓아 더 공격할 거리가 없도록 만들어 버렸다.

그에 하얀 고양이가 날카로운 이를 드러냈다.

'죽고 싶냐?'

'죽일 수 있었으면 벌써 죽였겠지. 그런데 죽을 위기를 견디고 성장한 반쪽가리들은 정말 강해지거든. 나랑, 내 친구들처럼.'

검은 고양이의 말이 끝나자, 그의 뒤로 상처투성이의 고양이 십수 마리가 나타났다.

아무래도 이 골목은 검은 고양이가 이끄는 '반쪼가리 무리'와 하얀 고양이가 이끄는 '길고양이 무리'가 세력 대결을 펼치고 있었던 모양이었다.

으르르르르!

키야앙!

사방에서 고양이들의 포효 소리가 들려왔다.

이것들이 근데 사람을 사이에 놓고 완전히 무시하네?

짝!

내가 손바닥을 짝! 하고 치자, 놀란 고양이들이 우르르 도망쳤다.

그 자리에 남은 건 하얀 고양이와 까만 고양이 둘뿐이었다.

난 그들을 보면서 말했다.

[하얀 고양이. 까만 고양이 말대로 난 잃어버린 고양이를 찾고 있는 거야. 너희들을 해코지할 생각이 전혀 없다고. 만약 그랬다면 이렇게 대놓고 돌아다닐까? 먹이로 덫을 쳐놓고 숨어 있었겠지. 너희들끼리 싸우는 건 나중에 하고.]

말을 하며 스마트 폰에 저장된 루시의 사진을 보여주었다.

[이렇게 생긴 고양이 본 적 있으면 말해봐. 난 얘만 찾으면 돼. 그 다음엔 조용히 떠나줄게.]

하얀 고양이가 그 사진을 가만히 보더니 눈을 파르르 떨었다.

'바깥세상 무서운지 모르고 까불던 꼬마잖아.'

[봤어?]

'…봤다.'

[어디로 갔는지 알아?]

'…그 녀석이 잡아 갔어.'

[그 녀석이라니?]

'너와 한패일 것이라고 생각했던 그 녀석. 고양이들을 잡아가는 인간. 벌써 보름 동안 내 동료 열다섯이 사라졌다. 그래서 우리들은 여기를 떠날 참이었어.'

[그러니까 넌 그 인간이 루시를 잡는 걸 봤단 말이야?]

하얀 고양이가 고개를 끄덕였다.

[그런데 가만히 있었어?]

'잡힌 고양이는 우리 동료도, 반쪼가리도 아니었으니까.'

동료가 아닌 고양이는 구할 의무가 없다는 건가?

[그 인간이 어디로 갔는지 알아?]

'어디 사는지도 알지.'

[어디 사는데?]

'이 구역에 살아. 우리가 이 구역을 떠나려는 이유도 그 때문이고.'

그랬군.

누군가 이 동네에서 살면서 고양이를 계속 잡아가고 있는 거였어.

루시도 그놈의 손에 잡혀간 것이고.

대체 무슨 목적으로 고양이를 납치하는 것인지 모르겠지만, 그냥 두어서는 안 돼.

[알려줘. 그 인간이 어디에 있는지.]

'알려주면?

[그냥 두지 않겠어.]

'…인간이 인간을 그냥 두지 않겠다고? 고양이들을 위해서? 말도 안 되는 소리.'

[너희들이 같은 고양이지만 따로 세력을 나눠서 싸우는 것처럼 인간이라고 다 똑같은 건 아니야. 그렇다고 내가 동물애호가마냥 고양이들을 마냥 옹호하는 것도 아니지. 다만 이유 없이 고양이를 납치하는 건 두고 볼 수 없어.]

그때 검은 고양이가 대화에 끼어들었다.

'난 알려주는 게 맞다고 생각하는데? 밑져야 본전이잖아?'

하얀 고양이는 날 관찰하는 눈빛으로 바라보더니 등을 보이며 말했다.

'따라와.'

하얀 고양이가 천천히 움직였다.

나는 검은 고양이를 보며 감사의 인사를 전했다.

[고맙다. 네 덕분이야.]

'고마우면 그 고양이 사냥꾼 좀 어떻게 해봐. 그 녀석이 사라지지 않으면 우리도 이 동네에서 떠나야 할 판이야.'

[넌 여기서 떠나는 게 싫어?]

'어딜 가도 반쪼가리들은 환영받지 못하니까. 또 세력 싸움을 해야 할 테고 그렇게 되면 많은 동료들이 죽어. 그리고⋯⋯.'

[그리고?]

'아직도 기다리고 있나 봐, 난.'

[⋯⋯.]

검은 고양이는 거기까지 말하고서 지붕을 넘어 모습을 감췄다.

저 녀석 설마⋯ 이사 간 주인을 기다리고 있는 건가?

'뭐해? 안 따라와?'

[아, 갈게.]

난 하얀 고양이를 따라 걸음을 옮겼다.

검은 고양이의 씁쓸한 마지막 얼굴이 떠올라 괜히 마음 한 켠이 욱신거렸다.

센 척하고 있지만, 한번 손을 탄 사람의 정을 녀석은 잊지 못하고 있었던 것이다.

사람이⋯ 나쁘다.

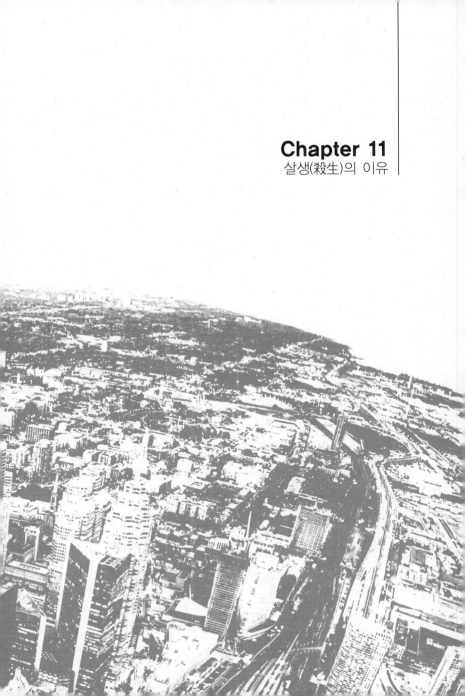

Chapter 11
살생(殺生)의 이유

하얀 고양이는 날 허름한 철문이 달린 저택으로 안내해 주었다.

'여기야.'

철문 너머 보이는 마당은 삭막하기 그지없었다.

마당의 한 가운데엔 다 무너져가는 집 한 채가 겨우 서 있었다.

집 뒤편엔 텃밭이 있었는데 관리를 하지 않아 엉망이었다.

[루시를 납치한 인간이 여기에 산다고?]

'그래.'

[알았어. 안내해 줘서 고마워. 이제부터는 내가 알아서

할게.]

하얀 고양이는 날 가만히 바라보다가 한마디를 툭 던졌다.

'이왕 이렇게 된 거, 네가 일을 잘 해결해 줬으면 좋겠어. 보금자리를 떠나서 다른 구역에다 터를 잡아야 하는 건 힘든 일이야.'

[노력할게.]

'간다.'

하얀 고양이가 미련 없이 뒤돌아 떠나버렸다.

"후우, 여기가 고양이 사냥꾼의 집이란 말이지."

난 청력을 확장해서 집 안의 소리에 집중했다.

하지만 아무런 소리도 들려오지 않았다.

작은 인기척조차 느껴지지 않았다.

"아무도 없나?"

난 주변을 살핀 뒤, 지나가는 이가 없는 것을 확인하고 담을 휙 뛰어넘었다.

탁.

마당에 두 발을 딛고 서서 다시 한 번 집 안의 동태를 소리로 살폈다.

만약 누군가가 집 안에 있다면 숨소리라도 들릴 텐데 그런 것도 없었다.

현관문으로 다가가 손잡이를 잡고 돌렸다.

그러자.

끼이익.

낡은 나무 문이 힘든 신음을 흘리며 열렸다.

문을 잠가놓지 않은 것이다.

난 집 안으로 들어섰다.

그다지 넓지 않은 거실이 나왔다.

거실의 오른편으로는 화장실이, 왼편으로는 방이 있었다.

둘 다 문이 활짝 열려 있어서 대번에 알 수 있었다.

'잡아온 고양이들은 집에 두는 게 아닌가?'

그런데 집 안 어디에서도 고양이를 찾을 수 없었다.

화장실과 안방을 살피고 거실도 뒤졌지만 고양이의 흔적
조차 발견하지 못했다.

'하얀 고양이가 집을 잘못 가르쳐 준 거 아니야?'

아니면 그놈이 날 골탕 먹이려고 했었다든가.

그런 의심이 들었다.

가능성이 없는 것도 아니었다.

애초부터 하얀 고양이는 내게 호의적이지 않았었으니까.

한데 그때였다.

'…어?'

어딘가에서 아주 희미하게 고양이 울음소리가 들려왔다.

집 밖에서 나는 소리는 아니었다.

소리는 집 안 어딘가에서 새어 나오고 있었다.

야오옹…….

아주 힘이 없는 울음소리였다.

나는 소리가 나는 곳을 추적했다.

'이상해. 아무래도 땅속에서 나는 것 같은데.'

바닥에 귀를 바짝 댔다.

그러자 고양이의 울음소리가 더 확연하게 들려왔다.

'땅속에 뭔가 있다!'

지하실이라도 만들어놓은 건가?

나는 밑으로 내려가는 입구를 찾기 위해 바닥을 손으로 두 들겼다.

탁탁. 탁탁탁.

계속 거실의 곳곳을 두드려 봤지만 둔탁한 소리만 들렸다.

'거실에는 입구가 없다.'

이번에는 안방으로 들어가서 바닥을 두들겼다.

탁탁. 탁탁탁.

안방 입구부터 두들기며 안쪽으로 들어가던 어느 순간.

탁탁. 텅.

"여기다."

속이 빈 듯한 소리는 안방의 한쪽에 비치된 옷장 바로 밑에 서 났다.

그러나 그곳엔 온통 장판이 깔려 있어 내려가는 입구가 존 재치 않았다.

'매번 지하실을 내려갈 때마다 장판을 뒤집지는 않을 테고.'

입구가 어디 있는 거지?

잠시 생각하던 내 시선에 큼직한 옷장이 다시 들어왔다.

'혹시?'

나는 옷장을 열었다.

그러자 옷장의 바닥이 뻥 뚫려 있는 게 보였다.

바로 그곳이 지하실로 내려가는 계단이었다.

나는 옷장 안으로 들어서서 계단을 밟고 아래로 내려갔다. 그러면서 양손으로는 계단의 양쪽 벽을 훑었다.

몇 발자국 움직이지 않은 상황에서 오른손에 작은 스위치가 걸렸다.

그것을 누르니 통로가 조금 밝아졌다.

통로의 천장에 작은 형광등이 있었다.

미약한 빛이었으나 워낙 좁은 통로였기에 사위를 밝히는 데는 아무런 무리가 없었다.

계단을 밟고 끝까지 내려가니 굳게 닫힌 철문이 나타났다.

철문에는 커다란 자물쇠가 걸려 있었다.

난 그것을 손으로 잡아 뜯었다.

우지직!

커다란 쇳덩이나 다름없는 자물쇠가 힘없이 뜯겨 나갔다.

철문을 열었다.

끼이이이이.

철문이 열리는 소리가 마치 귀곡성(鬼哭聲) 같았다.

철문이 열리자마자 지독한 피비린내가 맡아졌다.

"윽!"

나도 모르게 코를 틀어막았다.

아직 철문 너머에 뭐가 있는지는 알 수 없었다.

온통 어둠만이 가득했다.

그런데 어둠 속에서 유난히 빛나는 두 쌍의 눈이 있었다.

야오옹…….

거실에서 들었던 힘없는 고양이 울음소리도 들려왔다.

난 지하실로 들어가 벽을 더듬거려 스위치를 찾아 켰다.

탁.

노란빛을 내는 전구 하나가 힘겹게 공간을 밝혔다.

미약한 빛에 의지해 안을 둘러본 나는 그대로 굳어버렸다.

"이게 다… 뭐야."

지하실 안에는 죽어버린 고양이 시체 수십 구가 조각조각 난 채로 널브러져 있었다.

지하실 한켠엔 작은 철창이 보였다.

철창 안엔 기력을 완전히 잃어버린 고양이 두 마리가 갇혀 있었다.

그나마도 한 마리는 전신에 화상을 입은 상태였다.

온몸의 털이 다 사라지고 곪아 터진 피부만 남아 있었다.

그리고 끔찍하게도 입을 찢어 놓은 건지, 턱이 아래로 툭 빠져서 덜렁거리고 있었다.

천천히 깜빡이는 두 눈엔 초점이 없었다.

힘없이 축 처져서 울음소리도 내지 못하는 것이 죽음의 경계에서 왔다 갔다 하는 모양이었다.

다른 한 마리는 그나마 상태가 괜찮아 보였다.

여기저기 털이 벗겨지고 상처가 났지만, 크게 다친 곳은 없는 듯했다.

한데 얼굴 곳곳에 검둥이 묻어 있었다.

그래서 한 번에 알아보지 못했는데 자세히 보니 그 고양이는 루시였다.

'찾았다!'

난 루시에게 다가가려다 말고 멈춰 섰다.

바닥이 온통 고양이 시체로 가득했기 때문이다.

빈 공간을 밟아서 가야 했는데, 빈 공간을 찾는 게 더 힘들 정도로 시체들이 많았다.

그런데…….

"…어?"

자세히 보니 고양이 시체만 있는 게 아니었다.

잘려 나간 손가락과 발가락, 팔과 다리, 고양이의 것이라기엔 이상한 내장들이 썩어가고 있었다.

"이건… 사람 시체에서 잘라낸 것들이잖아."

뭐지?

어떤 미친놈이 여기에서 이런 짓을 벌인 거야?

나는 좀 더 신중하게 지하실의 곳곳을 살펴봤다.

그러다 벽 한켠에 놓인 작은 냉장고 위의 무언가를 보고 헛숨을 들이켰다.

"헙!"

내가 본 건 분명히 잘린 사람의 머리였다.

'대체 이게……'

지금 살인자의 저택에 들어온 건가?

그런 생각을 하는데 계단을 타고 내려오는 다급한 발자국 소리가 들렸다.

이윽고 야구 모자를 푹 눌러쓴 사내 한 명이 내 앞에 모습을 드러냈다.

놈의 손엔 사시미 칼이 들려 있었다.

그 녀석이 내게 물었다.

"너 뭐야."

"너야말로 뭐하는 놈이냐."

내가 되물었다.

야구 모자 아래에서 그놈의 안광이 서슬 퍼런 빛을 내뿜는 것 같았다.

그놈은 내게 한 발 다가서더니 망설임도 없이 사시미 칼을 휘둘렀다.

칼날은 정확하게 내 목젖을 노렸다.

난 뒤로 물러나 그것을 피했다.

그러자 그놈이 씩 웃었다.

"피했네?"

"……."

할 말이 없었다.

이런 상황에서 웃다니?

필시 이놈은 사람을 많이 죽여본 놈이다.

그렇지 않고서야 이토록 아무렇지 않게 사람을 죽이려 들 순 없는 노릇이다.

"너… 몇 명이나 죽인 거냐."

"알아서 뭐하게? 너도 죽을 건데."

"고양이는 왜 잡아 죽인 거야."

사실 이런 질문을 던질 때가 아니긴 했다.

그런데 난 그 이유가 너무 궁금했다.

보통 지금 같은 상황에서는 내 질문에 대답을 해주기는커녕 다시 칼질부터 하는 게 정상일 것이다.

하지만 이 녀석은 지금 이 시간을 즐기는 것 같았다.

놈이 전보다 더 소름 끼치는 미소를 머금고서 고개를 좌우로 까딱까딱거렸다.

"왜 죽였냐고? 죽이고 싶어서. 왜 죽이고 싶었냐고? 한동안 못 죽여서. 뭘 못 죽였냐고? 사람을. 왜 못 죽였냐고? 좆같은 짭새 새끼들이 내 신상 털었거든. 그래서 여기 숨어 살고 있지. 이 집 어때? 좋지? 우리 할아버지가 만든 집이야. 엄마랑 아빠도 이 집에서 죽었어. 누구한테? 나한테. 그런데 나는 아무런 벌도 받지 않았지. 너무 어렸거든. 내가 그때 열 살이었나? 경찰 아저씨들한테 울면서 말했어. 강도가 들었다고. 키키킥."

이거 진짜 미친놈이다.

사이코패스? 그런 놈들이 이런 유형인 건가?

"사람이 사람 죽이는 맛을 보면 어떻게 되는지 알아? 완전히 중독되어 버려. 연쇄살인마가 왜 만들어질까? 한번 죽여 보니까 그 손맛을 잊지 못하겠거든. 그래서 또 죽이고 싶어지거든! 그런데 단순히 그 쑤시는 맛 때문에 그러는 걸까? 아니, 그것보다 더 끝내주는 맛이 있지."

살인마는 바닥에 떨어진 고양이 앞발을 들어 자기 얼굴에 비벼댔다.

"내 앞에서 완전히 기계 만들어 버릴 때의 통쾌함! 그 쾌락! 그걸 잊지 못해서 그러는 거야. 여자들은 어쩌는지 알아? 살려만 주면 뭐든 다 하겠대. 몸도 아무렇지 않게 줘버린다구. 남자들은? 내 똥오줌을 먹으라면 먹어! 왜? 살고 싶으니까. 그 인간들의 목숨을 내가 틀어쥐고 있으니까! 내가 신이니까! 어때? 좀 알겠어? 신이 되는 기분은 말야, 아무나 느낄 수 있는 게 아니야. 나처럼 선택된 몇 명만 느낄 수 있는 거라고."

일장연설이 길어질수록 살인마의 얼굴은 지독한 환희와

쾌락에 물들어갔다.

"오늘 난 또다시 신이 될 거야. 누구의 신이냐고? 네 목숨 쥐고 있으니까 당연히 너의 신이지! 빌어봐! 개처럼 엎드려서 구걸해봐! 너의 신에게 살려달라고 빌어!"

살인마가 들고 있던 고양이 앞발을 내게 던졌다.

난 그것을 손등으로 탁 쳐냈다.

그러자 사시미가 내 심장을 노리며 찔러 들어왔다.

"죽어!"

어림도 없지.

사시미를 든 살인마의 손목을 당수로 후려쳤다.

빽!

"악!"

살인마의 손목이 이상한 각도로 휘었다.

놓친 사시미가 바닥에 떨어졌다.

챙강!

살인마는 멀쩡한 손으로 다시 사시미를 주워들려 했다.

그걸 가만히 보고 있을 내가 아니다.

허리를 굽히는 놈의 얼굴에 무릎을 박아 넣었다.

빠악!

"크학!"

살인마의 머리가 뒤로 넘어갔다.

몸도 따라서 넘어갔다.

살인마는 대자로 뻗어서 쌍코피를 줄줄 흘렸다.

"하악! 하악!"

놈의 야구 모자가 벗겨졌다.

그러자 드러난 얼굴은 이십 대 후반 정도 되어 보였다.

미남형도, 못생긴 것도 아닌, 일반인 사이에 섞여 있으면 별로 티도 나지 않을 것 같은 평범한 외모였다.

이런 녀석이 연쇄살인 저지르는 미치광이라니.

놈은 피 칠갑이 된 얼굴로 키득키득 거렸다.

"크큭! 재미있잖아, 이거."

난 살인마의 멱을 잡아 들어 올린 뒤, 주먹을 연속으로 날렸다.

퍽! 퍽! 퍽! 퍽! 퍽!

얼굴에 다섯 대를 정신없이 얻어맞은 살인마가 입에 가득 고인 침을 뱉어냈다.

"퉤! 흐악! 하아악!"

그러고서는 고통이 뒤늦게 전해지는지 오만상을 찌푸렸다.

하지만 이내 다시 킥킥거렸다.

"아… 진짜 오래간만에 맞아보네. 내가 재미있는 얘기 하나 해줄까? 엄마랑 아빠를 왜 죽였는지 알아? 우리 엄마랑 아빠가 날 그렇게 때렸었거든. 둘 다 손에 아무거나 손에 잡히는 걸로 날 때렸어. 그래서 난 엄마가 요리할 땐 곁에 가지도 않았어. 식칼로 찌를까 봐. 키킥!"

딴에는 유머랍시고 던진 말인 듯하지만 전혀 웃기지 않았
다.

오히려 얼굴이 거의 함몰된 지경에서 저런 말을 하며 웃는
게 기괴해 보였다.

내가 무심하게 바라보고 있자니 놈은 계속해서 얘기를 이
어나갔다.

"근데 계속 맞다 보니까 궁금해지더라고. 왜 날 때리지? 사
람은 재미있는 일만 하고 싶게 마련이잖아? 날 때리는 게 재
미있나? 그래서 나도 똑같이 해보기로 했어. 학교에 가서 마
주치는 애들마다 때렸지. 그런데 이게 재미있더라고. 아, 이
런 기분이었구나! 그래서 날 때렸구나! 맞기 싫어서 내가 울
며불며 설설 기면 엄청 즐거웠겠구나! 크크큭!"

이 녀석은 태생부터가 잘못된 환경에서 자라게 된 인간이
었다.

"그런데 내가 집에서 배운 대로 애들을 패고 들어오면 엄
마 아빠는 나를 또 팼어. 근데 난 이제 맞는 게 싫었거든? 패
고만 싶었거든? 그래서 어떻게 했게? 엄마랑 아빠를 죽였어!
그랬더니 이제 날 팰 사람이 없더라고? 완전히 내 세상이었
지! 크크큭! 웃기지? 응?"

"하고 싶은 말 다 했냐."

"왜, 죽이려고? 그래, 죽여. 어차피 살아도 사는 게 아닌 팔

자다."

"넌 불쌍한 인간이야."

"내 손에 죽은 새끼들이 더 불쌍하지, 키킥! 아, 저번엔 말이야 모녀를 잡아다가 엄마가 보는 앞에서 딸을……!"

퍽!

"악!"

더 이상 듣고 있을 수가 없어서 입을 뭉개 버렸다.

그리고 놈의 오른 다리를 잡아 비틀었다.

두두둑!

"으아악!"

이어 왼 다리도 비틀었다.

두둑!

"아아아아악!"

그리고 양팔을 부러뜨렸다.

두둑! 둑!

"끄으으으……."

사지를 못 쓰게 된 살인마가 바닥에 널브러져 죽는 소리를 냈다.

놈이 겨우 고개만 들어 날 보더니 헤실헤실 웃으면서 말했다.

"…죽여 그냥. 큭! 크크큭! 쿨럭! 쿨럭! 크으읍… 흐으으. 너, 너도 신이 되는 기분을… 느, 느껴봐. 흐, 흐히히히. 히히히히히."

불쌍한 인간이다.

못된 인간이다.

내 손에서 처리하기 보다는 법의 심판을 받는 것이 옳을 것 같았다.

난 마비 독을 만들어 녀석의 몸속으로 흘려보냈다.

놈은 이내 눈을 감고서 축 늘어졌다.

"후우."

마음이 영 개운치 않았다.

잘못된 가정에서 태어나 괴물이 된 녀석이었다.

녀석은 연쇄살인을 저질렀고 가족을 잃은 숱한 사람들에겐 백번 죽여도 시원찮을 쓰레기일 것이다.

하지만 내 손으로 놈을 죽일 순 없었다.

난 루시부터 데리고 돌아가기로 했다.

그래서 루시가 갇힌 철창으로 다가갔다.

그런데 나와 살인마가 투닥거리는 사이, 함께 갇혀 있던 고양이 한 마리가 숨을 거두어 버렸다.

어쩔 수 없이 루시만 데리고 지하실을 나왔다.

'사람의 눈에 띄어선 안 돼.'

이미 지하실에서 엄청난 것을 보고, 한바탕 일을 저지른 터였다.

이 지하실의 정체가 밝혀지면 분명히 언론에 보도될 게 뻔했다.

괜히 의심 살 건덕지를 만들어선 안 된다.

마당으로 나와 담벼락 너머 사위를 살폈다.

아무도 없었다.

루시를 품에 안고 얼른 월담을 했다.

그리고 집 근처를 빠르게 달려 벗어났다.

Chapter 12
바깥 의뢰, 집안 의뢰

　루시는 내가 자신을 구하러 온 걸 눈치챈 건지 품에 얌전히
안겨 있었다.

　난 그런 루시에게 얼른 인피니트 포션을 꺼내 먹였다.

　그동안 물 한 모금도 못 마셨던 것인지, 루시는 허겁지겁
포션을 받아먹었다.

　"그래그래, 잘 먹는다."

　루시가 인피니트 포션을 다 마시자 몸 곳곳에 있던 상처들
이 빠르게 나았다.

　그리고 전보다 더 기력을 찾은 얼굴이 되었다.

　"됐다."

자, 이제 어쩐다?

저 사이코 녀석을 신고하긴 해야 할 텐데.

내 스마트 폰으로 했다가는 이것저것 귀찮게 물어볼 것이 뻔하다.

일단은 의뢰를 완수한 다음, 공중전화로 신고를 하는 게 좋을 듯했다.

상덕이에게 전화를 걸었다.

—여보세요.

"상덕아, 찾았다."

—어? 찾았어?

"그래."

—어디서?

"그냥 돌아다니다가 골목길에서 찾았어."

—대박! 알았어! 어디로 갈까?

"민하늬 씨 집 앞에서 보자. 하늬 씨한테는 네가 연락해라."

—오케이! 근처니까 바로 갈게!

*　　　*　　　*

"루시야!"

야옹~!

루시는 민하늬를 보자마자 내 품에서 얼른 그녀의 품으로 옮겨갔다.

"루시야! 괜찮아? 어디 다친 데 없어?"

야옹.

루시는 민하늬의 가슴에 안겨 자신의 몸을 열심히 비벼댔다.

그걸 본 상덕이가 붉어진 얼굴로 말했다.

"…루시가 부럽다."

우리 상덕이는 어쩜 이렇게 초지일관일까.

참 대단하다.

민하늬는 루시와 한참 동안 재회의 기쁨을 나눈 뒤 내게 물었다.

"루시 어디에 있었어요?"

"저쪽 골목 어귀에 쓰러져 있던데요?"

"네? 정말요?"

"네."

"그런데 왜 우리 가족은 못 봤지?"

"그러게요."

뭐 딱히 그 의문에 대해서는 해줄 말이 없었다.

민하늬도 더 이상 캐묻지 않았다.

지금 그녀에게 중요한 건 루시를 찾았다는 사실이기 때문이다.

"정말 두 분한테 너무 감사드려요. 루시가 제 품에 다시 안기게 될 줄이야… 정말 감사드립니다."

"뭘요. 당연히 해야 할 일을 한 것뿐인데요."

상덕이가 어디 재연극에서나 나올 법한 대사를 던졌다.

아, 쪽팔려.

"아무튼 후기는 꼭 올려주세요."

내 부탁에 민하늬가 고개를 여러 번 끄덕였다.

"그럼요, 꼭 올릴게요. 근데 정말 그거면 되나요? 제가 사례금이라도 챙겨 드려야 하는 거 아닌가요?"

"돈은 받지 않는다는 게 제 철칙입니다. 그럼 가보겠습니다. 루시 잘 돌봐주세요."

"네, 다시 한 번 감사드려요. 조심히 올라가세요."

"다음에 또 어려운 일 있으면 말씀하세요!"

난 그리 말하는 상덕이의 귀를 잡아당겼다.

"아야야! 왜 그래!"

아파하는 상덕이를 무시하며 민하늬에게 말했다.

"공지 사항에 써 있다시피 우리 사이트는 한 사람이 한 가지 의뢰밖에 하지 못하는 거 알고 계시죠?"

"그럼요."

"아… 그랬지, 참."

뒤늦게 자신의 실수를 깨달은 상덕이가 머리를 긁적였다.

그 모습에 나도, 민하늬도 피식 웃음을 터뜨렸다.

민하늬는 우리가 시야에서 사라질 때까지 손을 흔들며 배웅했다.

의뢰 하나를 또다시 무사히 마쳤지만 발걸음은 그다지 가볍지 않았다.

연쇄살인마 때문이다.

설마 고양이를 찾아달라는 의뢰가 이런 식의 커다란 사건과 연결될 줄은 생각도 못 했다.

잠깐 동안 일어났던 놀라운 일들을 곱씹으며 계속해서 주택단지를 거닐었다.

그런데.

"어? 고양이들이다."

상덕이의 말에 주변을 둘러보았다.

정말로 고양이 여러 마리가 담벼락에 올라 우리를 따라오고 있었다.

개중엔 하얀 고양이와 검은 고양이도 보였다.

갈수록 고양이의 수는 계속해서 불어났다.

그러더니 결국 하얀 고양이 패거리와 검은 고양이 패거리가 모두 나타나 우리 뒤를 따랐다.

상덕이는 처음에는 별생각 없는 모양이더니 하도 많은 고양이가 따라오자 점점 겁에 질린 얼굴이 되었다.

하지만 겁낼 건 하나도 없었다.

이 고양이들은 모두 날 배웅해 주는 것이었으니까.

고양이들은 우리를 주택단지의 입구까지 따라와서 멈춰 섰다.

내가 그들을 바라보자 고양이들이 동시에 울음을 흘렸다.

야옹. 야옹. 야오옹~

"컥!"

놀란 상덕이는 저 혼자 살겠다고 후다닥 도망쳐 버렸다.

홀로 남은 난 고양이 한 마리 한 마리와 눈을 맞추며 인사를 건넸다.

고양이들은 저마다 감사의 말을 내게 전했다.

마지막으로 검은 고양이, 하얀 고양이와도 인사를 주고받았다.

[나 간다. 너희들 앞으로는 싸우지 말고 지내라.]

'잘 가라, 인간. 보금자리를 지켜줘서 고마웠어.'

'거 봐. 내가 저 인간 믿어도 된다 그랬지?'

'시끄러워.'

하얀 고양이가 등을 돌려 왔던 길을 되돌아갔다.

동료 길고양이들이 녀석을 따라 걸었다.

검은 고양이는 아직 가지 않고 날 바라보았다.

'묻고 싶은 게 있어.'

[물어봐.]

'…다시는 안 돌아오겠지?'

그 녀석은 지금 나더러 다시 안 돌아올 것이냐 묻는 게 아니었다.

자신을 버린 주인을 말하는 것이었다.

난 고개를 끄덕였다.

[아마도.]

버린 애완동물을 다시 찾아가는 사람은 드물다.

그렇기에 검은 고양이를 희박한 희망을 붙잡고 계속 아파하게 둘 수는 없었다.

차라리 잔인한 현실을 알려주는 게 낫다.

당장은 더 아플지 모른다.

하지만 나중을 생각했을 때 더 잔인한 것은 부질없는 희망인 법이다.

희망고문이라는 말이 괜히 있겠는가.

검은 고양이는 씁쓸하게 고개를 끄덕였다.

'그래… 그렇겠지. 잘 가. 고마웠어.'

검은 고양이가 자신의 무리를 이끌고 골목으로 사라졌다.

"너도 잘 살아라. 이제 아프지 말고."

몸도 마음도.

두 번 다시 아프지 마라.

*　　*　　*

집으로 돌아가는 길.

상덕이와 전철역으로 향하다 공중전화 박스를 발견했다.

난 공중전화를 들어 긴급 통화를 누르고 경찰서에 전화를 걸었다.

그 다음 연쇄살인마에 대해서 신고하고 통화를 끝냈다.

"갑자기 공중전화기는 왜?"

다시 전철역으로 걸음을 옮기는데 상덕이가 물었다.

"그냥 그럴 일이 좀 있었어."

"혹시 나 몰래 민하늬 씨한테 연락한 거 아니지?"

"그런 거 아니야, 인마."

"그럼 됐어, 히히."

하여튼 단순한 걸로 따지면 세계 제일이다.

*　　　*　　　*

춘천역에 도착해 상덕이와 헤어졌다.

저녁을 먹지 못했더니 배가 많이 고팠다.

"얼른 가서 밥부터 먹어야겠다."

버스를 타고서 집 앞 정류장에 내렸다.

지금 시간이 오후 9시.

유주 누나와 진호 형이 편의점 아르바이트를 하고 있을 시간이다.

편의점 앞을 지나가며 유리문 너머로 두 사람의 모습을 살폈다.

'배고픈데 들어가서 폐기 남는 거나 달라고 할까?'

그런 생각을 하며 가까이 다가가는데.

'어라?'

손님이 없는 매장 카운터에서 선 두 사람은 뭐가 그렇게 좋은지 연신 웃으며 장난을 치고 있었다.

유주 누나야 워낙 밝은 사람이니 저런 쾌활한 모습을 많이 봐왔지만, 진호 형의 저런 모습은 처음이었다.

그런데 장난을 치는 수위가 이상했다.

이건… 그냥 친구끼리, 동료끼리의 장난이 아니라 연인 사이의 장난 같았다.

"무슨 시추에이션이야?"

잠시 멍하니 두 사람을 바라보다가 문득 얼마 전 진호 형이 보여줬던 이해 못 할 행동이 떠올랐다.

'그래. 진호 형… 내가 알바 그만둘 무렵부터 유독 유주 누나한테 살갑게 굴었었지. 지각도 안 하고. 유주 누나한테 유니폼 챙겨주고. 그럼 그게 다…….'

진호 형이 유주 누나를 좋아해서 그랬었던 거야?

유주 누나는 그런 진호 형한테 넘어간 거고?

"어어?"

이제는 은근슬쩍 서로 뽀뽀도 한다.

"허어……."

열 길 물 속은 알아도 한 길 사람 속은 모른다더니.

참 놀랄 노 자다.

[왜 그러고 서 있어. 한유주를 네가 갖지 못해서 억울하냐?]

듣기만 해도 복장 뒤집히는 이 목소리는 카시아스였다.

녀석은 어느새 내 앞에 다가와 서 있었다.

[억울하기는.]

[아랑이와 한유주 사이에서 갈팡질팡하고 있었으니 억울할 만하지. 이제는 선택이 쉬워지겠네.]

[시끄러워.]

난 다시 집으로 걸음을 옮겼다.

카시아스가 그런 내 어깨에 훌쩍 올라탔다.

[근데 넌 요새 뭐하고 지내냐. 갈수록 날 만나러 오는 시간이 줄어든다?]

[지구에서의 내 역할은 네가 레이브란데의 인과율에 적응할 수 있도록 길잡이 역할을 하는 것뿐이다. 이제는 스스로 잘 해나가고 있으니 전처럼 계속 붙어 다닐 필요가 없지.]

[그럼 집에만 있는 거야?]

[그래.]

[그럼 언제 집에 초대 좀 해줘.]

[와서 뭐하게.]

[그냥 어떻게 살고 있는지 궁금해서.]

[그러지.]

카시아스와 시답잖은 대화를 주고받는 사이 집 앞에 도착했다.

카시아스는 내 어깨에서 가볍게 뛰어내렸다.

"간다."

"그래. 조만간 초대해 줘."

카시아스는 짧게 고개를 끄덕이고서 어둠 속으로 사라졌다.

* * *

집으로 돌아왔더니 벌써 밤이 되었다.

허기진 배를 채운 뒤, 샤워를 하고 방으로 돌아와 컴퓨터를 켜는데 누나가 문을 벌컥 열더니 터벅터벅 들어와서 내게 물었다.

"들어가도 되냐?"

"…들어오기 전에 물어보지 않나, 보통?"

"에이, 몰라."

뒷발차기로 문을 쾅 닫은 누나가 이불 위에 털썩 주저앉았다.

표정이 뾰로통한 게 뭐 기분 나쁜 일이라도 있나 보다.

그리고 기분 나쁜 일이 있을 때 날 찾아온 건 분풀이를 내게 하겠다는 뜻이다.

이럴 때는 그냥 누나한테 말을 걸지 않는 게 상책이다.

하지만 그런다고 그냥 넘어갈 누나가 아니긴 하다.

"뭐야? 사람이 들어왔는데 그냥 무시하냐? 어? 내가 너한테 고작 그런 존재야? 누나의 존재감을 더 키워줄까?"

그럼 그렇지.

난 데일리 히어로 사이트에 접속하려다 말고 의자에서 내려와 누나 맞은편에 앉았다.

"무슨 일 있어?"

"되게 영혼 없이 물어본다? 너 지금 질문이 엄청 형식적이야. 완전 국어책 읽는 줄?"

"누나가 예민하게 받아들이는 거야."

"그래, 이 누나가 지금 예민하긴 하다."

"그러니까 무슨 일인데?"

"엄마 때문에."

"엄마가 왜?"

"자꾸 일 그만두고 미대 가라잖아."

안 그래도 아까 엄마가 이 얘기를 하긴 했었다.

"가면 되잖아."

"너 말 되게 쉽게 한다?"

"뭐가 문제야?"

누나가 한숨을 푹 내쉬었다.

"뭐가 문제냐고 물어보면 크게 문제될 건 없지. 그런데 사람이 둥지를 옮긴다는 게 말처럼 간단한 게 아니야. 1년 넘게 회사 다니면서 거기 사람들이랑도 많이 친해졌고, 일도 손에 익었고 돈도 매달 차곡차곡 들어와 쌓이는 중이란 말이야. 그런데 당장 그걸 그만두고 갑자기 미대 시험을 보라고 하면 쉽겠냐고."

누나의 이야기에 공감해주고 싶지만 그럴 수가 없었다.

왜냐면.

"난 회사 안 가봐서 잘 모르겠는데?"

"그렇지. 너 같은 고딩이 뭘 알겠냐."

"이제 열흘 있으면 성인이거든?"

"아 몰라. 아무튼 짜증나 죽겠어."

"그냥 엄마 말대로 해. 예전처럼 누나가 돈 꼭 벌어야만 하는 상황도 아니잖아."

"너도 그 소리냐? 그래, 지금 당장 아빠 가게가 잘되긴 하지. 그런데 그게 평생 잘되라는 보장이 어디 있어? 갑자기 어느 순간 팍 망하면? 그땐 어떡할 건데?"

난 누나에게 한심하다는 시선을 던졌다.

그러자 누나가 검지와 중지로 내 눈을 찌르려 했다.

예전에는 이 공격에 많이도 당했지만, 지금은 당할 내가 아니지.

잽싸게 목을 꺾어 그것을 피했다.

그러자 누나가 눈을 크게 떴다.

"오~ 이젠 누나의 공격을 마구 피하네?"

"언제까지 당하고 있을 줄 알았어? 그리고 우리 가게가 잘되면 기뻐하면서 더 잘되라고 기도해야지! 망할지도 모른다는 게 할 소리야?"

"사람이 최악의 경우도 늘 염두에 둬야 하는 거야."

"아무튼 난 누나가 대학 갔으면 좋겠어."

"당장은 아니야. 아빠가 하는 식당 제대로 자리 잡고 나면 그때 한번 생각해 보든가 말든가."

"지금 정도면 자리 잡았다고 볼 수 있지 않나?"

"그러니까 말했잖아. 모르는 거라고. 그거 잠깐 빤짝 뜨는 걸 수도 있어. 벌릴 때 모아둬야 한다고. 괜히 지금 벌린다고 내 등록금 대주고 했다가 나중에 파리 날리면 답 안 나와."

"그럼 누나, 엄마 아빠 말고 다른 사람이 누나 학자금을 전부 대준다고 하면 미대 진학, 할 거야?"

그 말에 누나가 혹하는 얼굴로 물었다.

"그런 사람이 있대?"

"응, 있대."

누나의 눈이 반짝반짝거렸다.

"어디의 사는 누구래?"

"우리 집 사는 나야."

짝!

억! 난데없이 싸대기!

너무 갑작스러운데다가 예고 없이 날아와서 미처 피하지도 못했다.

"왜 때려!"

"이게 가뜩이나 심란해 죽겠는데, 누나를 놀려?"

"놀린 거 아닌데."

"놀린 게 아니면? 정말 네가 학자금 다 대주겠다고? 무슨 돈으로?"

난 서랍에서 통장을 꺼내 누나에게 보여줬다.

누나는 통장을 펼쳐 보더니 코웃음을 쳤다.

"야, 난 또 얼마나 모았다고 겨우 천사백만 원 정도밖…에?"

"그래 천사백 조금 넘어. 내가 모은 돈이야."

통장을 들고 있는 누나의 손이 바들바들 떨렸다.

"너… 너 이 돈 어디에서 났어?"

"귀 막혔어? 방금 내가 모았다고 했잖아."

"그러니까 뭘 해서 모았냐고!"

"사업해서."

"사업?"

"응, 개인 사업. 아직 사업자 등록증 같은 건 없지만."

"무슨 개인 사업? 어떤 종목? 뭐하는 건데?"

"그건 아직 비밀이야."

사실 다운 타운에서 세 번 싸운 다음 파이트 머니로 받은 돈이다.

하나 그걸 곧이곧대로 말할 수 없었기에 뻥을 치기로 했다.

지금 이렇게 썰만 풀어놓고서 나중에 데일리 히어로 사이트가 잘되면 그걸로 돈 벌었다고 하면 되겠지.

사이트가 유명해지면 배너 광고 제의도 많이 들어오니까.

"야… 나 믿을 수가 없는데?"

"나 혼자 하는 건 아니고, 파트너가 있어."

"그래? 그 파트너가 제법 유능한 인간인가 보지?"

"상덕이야."

"뭐어? 그 잉여가?"

"응."

"더 믿을 수가 없어지는데?"

"아무튼 동생이 사업해서 번 돈이니까 일단 그걸로 학자금 해. 1학년은 충분히 다닐 수 있을 거 아냐?"

"그렇지… 근데 그럼 2학년은?"

"4학년 졸업하고 대학원 갈 때까지 전액 내가 지원할게. 그만한 능력 있어, 나."

누나가 멍한 얼굴로 날 바라봤다.

"지금 이거… 꿈 아니지?"

"아니지."

"그럼 너 한 대 때려봐도 돼?"

"누나 볼을 꼬집어. 왜 나를 때린대?"

"내 볼은 아프잖아."

"하여튼."

"지웅아. 너 정말 사업해서 번 돈 맞는 거지? 이상한 일 해서 번 돈 아니지?"

누나가 재차 돈의 출처를 확인했다.

그 말인즉, 깨끗한 돈이라면 감사히 꿀꺽하고 미대 진학할 용의가 있다는 것이다.

난 그 누구보다 청렴결백한 표정을 하고서 고개를 끄덕였다.

"믿으라니까."

"알았어… 일단은 믿어볼게. 의심스러운 구석이 엄청 많긴 하지만."

"때가 되면 내가 무슨 일을 하는 건지 알려줄 테니까 걱정마."

"되도록 빨리 알려줘야 한다? 안 그러면 궁금해서 미쳐 버릴지도 몰라."

"알았어. 그럼 누나 미대 가는 거다?"

누나가 내 통장을 꼭 쥔 채로 고민하다가 말했다.

"이제 내년까지 얼마 안 남았잖아?"

"응."

"1월 1일까지만 생각해 보자. 그때도 누나 맘이 변하지 않으면 1년 동안 미대 입학 준비 해볼게."

"오케이, 좋아!"

이것으로 누나와의 협상은 극적 타결.

바깥 의뢰를 마치고 돌아와 엄마의 집안 의뢰까지 들어주고 나니 하루가 완전히 끝나 버렸다.

누나가 방에서 나가고 난 뒤, 다시 컴퓨터 앞에 앉아, 인터넷으로 이런저런 기사들을 찾아 읽었다.

그런데 눈에 띄는 기사 제목이 있었다.

'경기도 연쇄살인마, 구리시의 오래된 저택 지하실에서 사지가 부러진 채 발견.'

난 기사 제목을 클릭해서 내용을 읽어보았다.

기사를 간단하게 축약해 보자면 '익명의 제보자에게 전화를 받고 경찰이 출동해 연쇄살인마를 검거했다. 그런데 이미 연쇄살인마는 사지가 부러진 이후였고, 몸도 마비된 상태였다. 누가 연쇄살인마를 이렇게 만들었으며, 익명의 신고자는 누구일까. 혹시 익명의 신고자가 연쇄살인마를 그 지경으로 만든 사람은 아닐까?' 정도였다.

"그 익명의 제보자와 연쇄살인마의 사지를 부러뜨린 게 나 맞아요, 기자님들."

　아무튼 연쇄살인마는 경찰의 손에 넘어갔으니 이제 녀석의 처우는 법이 결정할 것이다.

　그 동네에선 이제 고양이들이 사라질 걱정도 없겠지.

Chapter 13
길버트의 난

이부자리에 누워 잘 준비를 모두 마치고서 드디어 오늘 하루 동안 모인 링크를 확인해 보기로 했다.

"마인드 탭."

이름 : 유지웅

소속 : 지구, 대한민국

성별 : 남

나이 : 19

영력 : 17/17

영매 : 18

아티팩트 소켓 3/4

보유 링크 : 3,422

3,422링크!

아주 아름다운 수치다.

"바로 아티팩트를 사줘야겠지. 소울 커넥트."

*   *   *

"무한의 가방 사러 왔죠?"

라헬이 날 보자마자 본론부터 꺼냈다.

"응."

"가져가세요, 그럼."

딱!

라헬이 손가락을 튕겼다.

아무것도 없던 검은 공간에 환한 빛이 일었다.

부피를 불리던 빛은 어느 순간 명멸했고, 빛이 사라진 자리
엔 등에 멜 수 있도록 만들어진 가방 하나가 나타났다.

다행히도 디자인은 크게 튀지 않았다.

그냥 지구에서 메고 다녀도 무난할 법했다.

가방을 들어 등에 메어 보았다.

착용감이 제법 괜찮았다.

"이천사백 링크 감사히 받을게요."

"잠깐."

"네? 왜 그러시는지?"

"어디서 슬쩍 백 링크를 올려 받으려고 해? 무한의 가방 이천삼백 링크 아니었어?"

라헬이 한숨 쉬며 고개를 절레절레 저었다.

"정말 수전노가 따로 없네요."

뭐야?

"너한테 그런 소리 듣고 싶지 않거든?"

"이.천.삼.백. 링.크! 잘 가져갈게요."

라헬이 한 자 한 자 힘주어 말하고서는 고개를 까딱 숙였다.

"가세요."

…이제는 그냥 가란다.

"간다, 가."

어둠이 사라지고 다시 현실로 돌아왔다.

내 손엔 소울 스토어에서 산 무한의 가방이 들려 있었다.

난 그것을 머리맡에 두고 눈을 감았다.

상쾌한 내일을 위해서 오늘도 숙면을!

        *   *   *

"아버지, 이제 분점 내시죠."

유난히 새벽 일찍 일어나 버렸다.

그래서 일을 마치고 새벽에 귀가하시는 아버지를 붙잡고
앞으로의 가게 전망에 대해 얘기했다.

아버지는 그런 날 멀뚱히 바라보더니 이렇게 말했다.

"이놈이 미쳤나."

"안 미쳤습니다."

"분점은 무슨 분점? 잘나간다고 까불다가 코 깨지는 법이
다, 이놈아."

"아버지, 가뜩이나 손님을 떼로 몰려들어서 늘 만원사례에
다 줄 서서 기다리기까지 하는데 분점을 내는 게 현명하죠.
우리 가게 옆에 1층 건물 세 나왔잖아요. 그것도 원래 식당
하던 건물이었으니까 매입하세요."

"그러다 잘못되면 누구 탓을 하나."

"수익이 두 배 이상 뛸걸요. 밖에서 기다리는 그 손님들이
안 기다리고 계속 테이블 회전시켜준다고 생각해 보세요."

"흐음……."

아버지가 턱을 어루만지며 고민에 빠졌다.

"내자니까요, 분점. 혹시 돈 때문에 그러세요?"

"돈 때문은 무슨. 가게 대박 나는 바람에 빚도 다 청산하고

모은 돈이 얼만데."

"그럼 뭐가 걱정이세요."

"인생사 생각한 대로 되는 법이 어디 있냐. 물론 네 말도 맞고, 장사가 잘될 거라는 확신도 어느 정도 든다. 하지만 혹시나 하는 마음이 발을 잡는구나."

"아버지, 인생 혹시나 하다가 끝내실 거예요?"

"뭐 이놈아?"

딱!

아버지가 내 정수리를 때렸다.

하지만 하나도 안 아팠다.

오히려 정수리를 때린 아버지가 손을 잡고 인상을 찌푸렸다.

"이놈이 이거 완전히 쇠대가리네, 쇠대가리."

온몸이 강철이니 그럴 수밖에요.

아무튼!

"분점을 내는 게 옳다고 봅니다, 아버지."

"정말 그렇게 생각하냐?"

"네."

"확실해?"

"그럼요."

"망하면?"

"안 망합니다."

"어떻게 알아?"

"아버지!"

난 벌떡 일어서서 주먹을 꽉 쥐었다.

아버지가 그런 날 보고 심드렁하게 물었다.

"한판 해보자고?"

"믿어주세요! 닭발 옆차기도 제 말대로 해서 대박 나셨잖아요!"

"그건 부정할 수 없는 사실이다만……."

"그러니까 이번에도 절 믿고 한 번만 진행해 보시라구요."

"으음."

아버지는 심각하게 고민하는 눈치였다.

그러더니 담배를 꺼내 태우셨다.

담배 한 개비가 다 타들어갈 때쯤, 아버지가 입을 열었다.

"그래, 해보자!"

"정말이에요?"

"이번에도 우리 장남 한번 믿어보지!"

"네, 믿어보세요. 분명 잘될 겁니다!"

"단!"

아버지가 힘주어 날 노려봤다.

"안되면 죽는다."

"…네."

괜히 말했나……?

　　　　*　　　　*　　　　*

　12월 23일.

　이제 하루만 더 있으면 크리스마스 이브다.

　커플들에겐 좋은 날이지만 나 같은 싱글에겐 아무 의미 없
이 하루 종일 배만 아픈 날이기도 하다.

　상덕이는 학교에 오자마자 아침부터 4교시가 끝날 때까지
잠만 퍼질러 잤다.

　어제 동영상 편집을 하느라 밤을 새웠다고 한다.

　그래, 학교에서 푹 자고 집에 가서 열심히 회사 일 해라.

　아주 좋은 직장인의 자세다.

　하지만 집에는 가야지.

　"상덕아, 일어나. 오전 수업 다 끝났다."

　조곤조곤 말로 해서 일어날 인간이 아니었기에 두 손으로
뒷덜미를 잡고 마구 흔들어댔다.

　그런데도 이놈은 눈을 뜰 기미가 보이지 않았다.

　"그러다 상덕이 죽겠다."

　그때 내 귀에 꽂히는 아름다운 목소리.

　아랑이였다.

　"괜찮아. 이놈은 둔해서 이렇게 안 하면 안 일어나."

　"호호, 상덕이도 참 재밌는 애 같아."

"그렇긴 하지."

"근데 지웅아, 너 크리스마스나 이브 날 뭐해? 약속 있어?"

"응? 딱히 약속은 없는데."

"그럼… 저기… 내가 저번에 이랑이 일도 있고 해서 밥 한 번 사겠다고 약속했었잖아."

"아~ 그거 너무 신경 안 써도 되는데."

"어떻게 그래. 나한테… 아니, 우리 가족한테는 정말 큰일이었는데."

큰일이긴 했지.

까딱 잘못했으면 이랑이는 누군가의 노예로 살았었어야 할 테니까.

아무튼 지금 그게 중요한 게 아니다.

'연인들끼리만 함께할 수 있는 그날, 데이트 신청 받았다.'

그것도 우리 학교 퀸카 아랑이한테!

주책없이 가슴이 두근두근거렸다.

언제가 좋을까?

크리스마스? 아니지. 크리스마스에는 아랑이도 그렇고 나도 가족과 보내는 게 좋겠지.

그럼 역시 크리스마스 이브?

그래! 남녀가 함께하는 건 크리스마스 이브가 제격이지!

"나, 이브 날 시간 괜찮을 것 같은데."

"그럼 내일이네?"

"응, 내일이야."

"그래. 내일 하교하고 같이 맛있는 거 먹으러 가자."

"좋지."

"아, 그런데… 이랑이한테는 얘기하지 마."

"어?"

내가 고개를 갸웃거리니 아랑이의 뺨이 붉게 물들었다.

그녀는 살짝 난처해하며 말했다.

"내일은… 둘이서만 보고 싶어."

"어… 어, 그래. 알았어."

아랑이가 다시 활짝 웃었다.

"그럼 내일 봐, 지웅아~"

아랑이는 내게 인사를 건네고 후다닥 교실 밖으로 뛰어 나
갔다.

참 귀엽단 말이야.

＊　　＊　　＊

집으로 가는 길.

띠링!

　―김 반장님을 구하는 영상은 여전히 인기가 많네요. 선행을 쌓아

길버트의 난　287

9링크가 주어집니다.

띠링!

—중딩 의뢰인이 동생에게 주고 싶어 했던 선물을 대신 사주는 모습은 언제 봐도 훈훈하네요. 선행을 쌓아 3링크가 주어집니다.

띠링!

—복학생의 고백을 성공시켜 주는 장면은 거의 드라마였죠? 많은 사람들도 감동을 받고 있어요. 선행을 쌓아 28링크가 주어집니다.

띠링!

—고양이를 찾아주는 영상을 본 많은 애묘인들이 감동 받고 있네요. 선행을 쌓아 17링크가 주어집니다.

띠링! 띠링! 띠링! 띠링!

동영상들의 힘으로 숨만 쉬어도 링크가 마구 적립되었다. 어디, 얼마나 많은 링크가 모였는지 한번 볼까?

"마인드 탭."

이름 : 유지웅

소속 : 지구, 대한민국

성별 : 남

나이 : 19

영력 : 17/17

영매 : 18

아티팩트 소켓 4/4

보유 링크 : 2,976

"흠… 일단 영력부터 업그레이드시킬까?"

난 영력 탭을 터치한 뒤, 링크를 소모해서 영력을 업그레이드시켰다.

영력은 총 21까지 업그레이드되었다.

각 단계마다 소모된 링크는 500, 600, 800, 1,000이었다.

남은 링크는 76.

하지만 계속해서 새로운 링크가 적립되는 중이었다.

띠링띠링 소리를 들으며 기쁘게 버스에 올라탔다. 뒤쪽 빈 좌석에 앉아 스마트 폰으로 데일리 히어로 사이트에 접속했다.

의뢰 게시판에 새로운 의뢰가 50건이 넘어가고 있었다.

'이거… 혼자서 운영하기가 힘들겠는데.'

사이트가 인기를 끌수록 의뢰는 늘어가는데 내 몸은 한계다.

내게 주어진 시간 안에 이 모든 의뢰들을 해결하는 건 무리다.

'일단은 간단한 것들부터 해결하자.'

난 의뢰게시판의 내용들을 찬찬히 살펴보려 했다.

그런데 그때.

> 길버트의 복수가 발동했습니다. 수락하시겠습니까?
> [Yes/No]

영혼의 퀘스트가 발동했다.

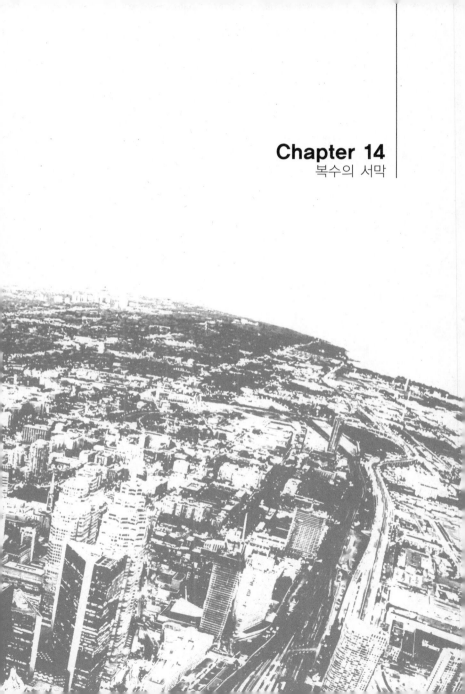

Chapter 14
복수의 서막

길버트의 능력은 굉장한 리더십이다.

난 아직까지는 이 능력의 효과를 제대로 보지 못했다.

리더십을 발휘할 만한 상황에 처한 적이 없기 때문이다.

'수락해, 말아?'

영혼의 퀘스트를 수락해서 클리어할 경우 많은 링크를 벌수 있다.

반면, 실패하면 그 영혼의 능력을 잃어버린다.

'근데 지금은 영혼의 퀘스트로 얻을 수 있는 링크가 그다지 많은 편이 아니란 말이지.'

예전에는 2, 300링크가 참 큰 액수였다.

하지만 데일리 히어로 사이트를 운영하기 시작한 뒤에는 쉽게 벌리는 액수였다.

때문에 링크의 수입만 생각해 보면 위험을 감수하면서까지 영혼의 퀘스트를 할 필요는 없었다.

그러나 중요한 건 영혼의 퀘스트를 클리어할 경우 히든 소울을 얻게 되는 경우도 있다는 것이다.

천상의 목소리를 내게 해주는 로레인의 영혼도 리조네의 퀘스트를 완료해서 특전으로 얻게 된 것이다.

그리고 그 능력은 로열 그룹의 사람이자 자폐증을 앓고 있는 백설우를 구하는 데 많은 도움을 주었다.

'이번에도 히든 소울을 얻게 될지 모르니 수락하는 게 좋겠지.'

가만… 그러고 보니 카시아스는 내게 총 50개의 영혼을 모아야 한다고 했다.

그래야 레이브란데의 인과율이 끝난다고 말했다.

그 말은 모든 영혼을 모으지 못할 경우 레이브란데의 인과율은 끝나지 않는다는 뜻이다.

한데 히든 소울로 얻게 되는 영혼도 50개의 영혼에 포함되는 건가?

그렇다면 영혼의 퀘스트에 실패해서 히든 소울을 얻지 못할 경우 모든 영혼을 모으는 데 실패하게 된다.

문제는 실패했을 경우 어떻게 되는 건지에 대한 설명을 듣지 못했다는 것이다.

'생각해 보니 이거 보통 문제가 아니네.'

만약 히든 소울이 내가 모아야 하는 50개의 영혼에 포함되는 거라면, 영혼의 퀘스트를 무조건 수락해야 한다는 말이 된다.

아울러 수락한 퀘스트 역시 무조건 클리어해야 한다는 말도 된다.

'모르겠다. 일단은 수락!'

나는 'Yes'를 터치했다.

동시에 찬란한 빛이 날 덮쳤다.

그러자 아득한 느낌과 함께 눈앞이 까매졌다.

영혼이 육신을 탈출해 어딘지 모를 곳으로 빠르게 빨려 들어갔다.

*   *   *

눈앞에서 칼이 날아든다.

나는 엉망이 된 몸으로 아무것도 못 한 채 서 있었다.

'죽는다!'

그 생각만 머릿속에서 끊임없이 메아리쳤다.

시린 칼날이 목까지 날아오는 찰나의 순간이 억겁처럼 느껴졌다.

띠링!

—길버트의 복수 퀘스트를 수락하셨네요. 지금부터 지웅 님은 길
버트의 세상을 가상 체험하게 될 거예요. 지웅 님 본인이, 길버트가
되어서요. 길버트의 기억을 인스톨할게요.

여인의 음성이 들려온 다음, 길버트의 기억들이 강제로 삽
입되었다.

'레드 텅 용병단은 무적이다! 지금까지 죽어간 동료들의 넋을
발판 삼아 더 강해질 것이다! 레드 텅 용병단은 정상에 오를 것이
다! 우리는 전장에서 살고! 전장에서 죽는다!'

'대장! 오늘은 아무도 안 죽었어! 학슬러가 등신같이 오른팔을
잃어버리긴 했지만.'

'오른팔을 내주고 목숨을 건졌으니 제대로 득 봤구나!'

'레드 텅 용병단이 창설된 지도 8년째야. 이제 식구들도 제법
모였고 슬슬 큰 의뢰를 물어 와도 괜찮지 않을까?'

'곧 큰 건이 들어오겠지! 당장 내일 있을 고블린 토벌부터 확
실히 하자고!'

'어떻게 된 거야? 왜… 왜 여기에 트롤이!'

'고블린 토벌이라며!'

'이번 의뢰를 받아온 게 누구였지? 살라반! 살라반!'

'살라반이 없어!'

'설마… 살라반이……!'

'으아아아아아악!'

'학슬러!'

'꺄악!'

'레지나! 젠장, 다들 정신 차려! 어떻게든 이 지옥을 뚫고 나간다! 살아서 나가는 거다!'

'대, 대장… 어서… 도망… 쿨럭!'

'피피!'

'빨리 나가라고, 대장! 우리 목숨을 제물로 바칠 테니 어떻게든 살아! 그리고… 그리고 복수해 줘.'

'예시……'

'이 멍청한 트롤들을 얼마나 잡아둘 수 있을지 장담 못 해. 어서 가라고, 길버트!'

'번스타인……!'

'함께해서 즐거웠어, 대장! 내가 여자 말고 남자한테 이런 말을 해보기는 처음이야.'

'이하 동문.'

'유슬란… 마쿠샤.'

'당장 안 꺼지면 엉덩이에 구멍 날 줄 알아! 내 활이 얼마나 따끔한지 알고 싶은 거야?'

'샤비아……. 제기랄……!'

'역시 살아 돌아온다면 이 집으로 숨어들 것이라 예상했지. 그런데 이게 어떻게 된 건가? 의리 하나로 똘똘 뭉친 레드 텅 용병단의 단장께서 혼자만 내빼신 건가? 실망이군.'

'네놈은… 누구의 기사냐. 대체… 대체 누가 이런 일을 꾸민 것이냐!'

'어디 천한 용병 놈이 함부로 기사의 이름을 부르느냐!'

'으아아아아악!'

'분수를 알아라. 그 몸뚱이로 날 어떻게 할 수 있을 것 같아?'

'입 다물어!'

'꼴사나우니 그만 죽어라.'

갑자기 흘러들어 온 한 사람의 인생사에 머리가 터질 것 같았다.

동시에 내게 날아들던 칼날이 목을 벴다.

아니, 베려 했다.

카앙!

하지만 칼날은 내 목을 베지 못했다.

'아이언 스킨!'

지금의 난 길버트다.

하지만 조금 전까지의 길버트와는 다르다.

유지웅의 능력을 고스란히 전이 받은 길버트다.

띠링!

─길버트는 레드 텅 용병단의 2인자였던 살라반의 배반으로 모든 용병단원들을 잃고 홀로 살아남았어요. 트롤들과의 격전으로 심하게 다친 몸을 이끌고 비밀 아지트였던 작은 저택에 숨어들었지만, 이미 그곳의 위치도 드러난 이후네요. 결국 길버트는 그 저택에서 숨을 거두게 되었지만, 이번 생에서는 살아남아 꼭 동료들의 복수를 하고 싶어 하네요. 길버트가 만족스러운 복수를 할 수 있게 도와주세요.

"하아… 하아아."

그래… 난 레드 텅 용병단의 단장 길버트다.

그리고 살라반은 날 배신했다.

녀석은 용병 길드에서 고블린을 토벌해 달란 의뢰를 가지고 왔다.

살라반은 강하면서도 상냥한 사내였다.

게다가 정이 깊고 상대방을 존중할 줄 알았다.

그래서 우리들은 그를 철저하게 믿었다.

아니, 비단 살라반뿐만이 아니다.

레드 텅 용병단은 피보다 진한 의리, 우정, 믿음으로 엮여 있었다.

그런데 살라반이 배신했다.

녀석은 우리를 고블린 우리가 아닌 트롤의 숲으로 처넣고

도망쳤다.

용병 마흔 명이 여섯 마리의 트롤을 감당하기란 무리였다.

하지만 우리는 포기하지 않고 끝까지 싸웠다.

그러나 기적은 일어나지 않았다.

모든 동료가 죽었다.

난 그 녀석들의 희생으로 겨우 목숨을 부지할 수 있었다.

레드 텅 용병단의 숙소로 가서는 안 되었다.

애초부터 우리들을 제거할 목적이었다면 용병단의 숙소도 이미 점거되었을 가능성이 높았다.

그래서 나중을 위해 동료들 몰래 사두었던 새로운 저택으로 향했다.

난 그곳을 비밀 아지트라 불렀다.

혼자서 몰래 내부 공사를 하며 훗날 놀라게 될 동료들의 얼굴을 떠올리며 즐거워했다.

이미 레드 텅 용병단의 수가 40인데, 지금 머물고 있는 숙소는 너무 작았다.

방을 배정받지 못한 녀석들도 수두룩했다.

하지만 누구 하나 불평불만을 늘어놓지 않았다.

놈들의 마음이 고마워서 조금이라도 빨리 내부 공사를 마치려 했다.

이제 며칠만 더 있으면 모든 준비가 끝날 참이었다.

한데 이런 사건이 터졌다.

그리고 이미 내가 이 저택을 몰래 사두었다는 것도 살라반은 알고 있었다.

그 말은 우리를 배신한 살라반이 내 모든 동태를 감시하고 있었다는 얘기가 된다.

이미 오래전부터 그는… 이럴 작정이었던 것이다.

'하지만 대체 왜? 무엇 때문에?'

이유를 알 수 없었다.

용병단 활동을 하면서 어떠한 불만도 말하지 않았던 그였다.

…불만이 없던 것이 아니라, 감추고 있는 것이었나?

모르겠다.

살라반을 직접 만나야겠다.

그래서 우리를 왜 배신한 것인지 그 녀석의 입으로 직접 들어야겠다.

어찌 되었든 지금 한 가지는 확실해졌다.

죽었어야 할 운명이 바뀌었다는 것!

"……?!"

기사는 내 목에 닿은 검이 날카로운 쇳소리와 함께 튕겨 나가자 적잖이 당황했다.

기사가 재차 검을 휘둘렀다.

이번에도 검은 내 목을 노리며 날아들었다.

하지만.

캉!

결과는 똑같았다.

난 기사가 든 검의 날을 맨손으로 잡고 그대로 힘을 주었다.

콰장창!

강철로 만들어진 검날이 유리처럼 부서졌다.

기사의 얼굴에 당혹감이 어렸다.

"무, 무슨……!"

놀라서 말도 제대로 못 하는 기사에게 가까이 다가가 주먹을 말아 쥐고 시전어를 외쳤다.

"낭아권!"

쐐애애애액! 퍼어억!

빠르게 날아간 주먹이 기사의 안면을 제대로 강타했다.

"크헉!"

모든 힘을 다 실어 내지른 낭아권에 얻어맞은 기사는 외마디 비명과 함께 멀리 날아가 바닥을 굴렀다.

"하아, 하아."

몸이 엉망인 상태에서 힘이 들어가는 기술을 사용하는 바람에 전신이 욱신거렸다.

기사에게 다가가 녀석의 상태를 살폈다.

두개골이 쪼개져 피를 주룩주룩 흘리면서 죽어버린 상태였다.

난 기사의 몸을 뒤졌다.

기사들은 대부분 만약의 사태에 대비해서 늘 힐링 포션을 지니고 다녔다.

지켜야 하는 주군의 생명이 위태로울 때는 주군에게 드리고, 자신의 생명이 위태로울 때는 스스로 마시기 위함이었다.

이 녀석에게도 힐링 포션은 있었다.

난 힐링 포션을 입안에 단숨에 털어 넣고 꿀꺽 삼켰다.

맑은 기운이 전신으로 퍼지며 엉망이 된 몸이 빠르게 회복되었다.

'후우, 다행이군.'

기사와 싸우던 도중 놓쳐 버렸던 내 바스타드 소드가 바닥에 널브러져 있었다.

그것을 주워 들어 등에 차고 저택을 나섰다.

밖은 어둠이 짙게 깔려 있었다.

어둠 속에 퍼진 피비린내가 내 코를 자극했다.

그 냄새의 근원지는 저택 주변에 널린 사병들의 시체였다.

기사가 저택을 점거하며 대동한 사병들이었다.

물론 내가 죽였다.

저택 밖에 매복했던 사병들은 처리했으나 저택 안에서 기다리던 기사에게 난 죽음을 맞았었다.

하지만 다시 얻은 두 번째 기회로 죽음을 피해갔다.

이제 피의 복수를 할 시간이다.

난 병사들이 걸치고 있는 갑주와 검을 살펴봤다.

그리고 검신에 박힌 호랑이 문장을 볼 수 있었다.

그것은 바루스 마테리안 남작 가문의 문장이었다.

'이럴 수가······.'

믿을 수 없었다.

이들이 마테리안 남작의 종자들이라고?

그럼 날··· 죽이려 했던 이가 마테리안 남작이라고?

말도 안 되는 일이었다.

마테리안 남작은 그 누구보다도 레드 텅 용병단을 아껴주는 이였다.

우리가 용병이라고 무시한 적 한 번 없었다.

오히려 늘 낮은 자세로 우리와 눈높이를 맞추고 인간적으로 대우해 주었다.

다른 귀족들은 그런 마테리안 남작에게 격 떨어지는 짓을 한다며 안 좋은 말을 하기도 했다.

하지만 마테리안 남작은 그런 귀족들의 말에 신경 쓰지 않았다.

그는 오로지 자신의 신념에 따라서만 행동하는 멋진 귀족이었다.

'그런데 그런 그가··· 대체 왜?'

이상하다.

살라반도 그렇고, 마테리안 남작도 그렇고··· 절대 이런 일을 벌일 이들이 아니었다.

대체 무슨 속셈인 건지 알 수가 없었다.

'분명히 내가 모르는 무슨 일이 일어나고 있다.'

알아내야 한다.

그들에게서 들어야 한다.

레드 텅 용병단을 배신한 이유가 무언지! 그리고 나와 내 동료들을 죽이려고 한 이유가 무언지!

*　　　　*　　　　*

바루스 마테리안 남작의 저택 앞에 도착했다.

두 명의 병사가 저택의 입구를 지키고 서 있었다.

나는 거침없이 그들에게 다가갔다.

병사들은 내 얼굴을 확인하더니 놀라서 들고 있던 창을 앞으로 세웠다.

한 병사는 호각을 꺼내 불려 했다.

경보를 울리려 함이다.

하나 그럴 필요 없다.

내가 알아서 난동을 피울 참이니까.

서걱!

내 손에 들린 바스타드 소드가 크게 휘둘러졌고, 두 병사의 목이 바닥으로 떨어졌다.

난 철문을 강하게 걷어찼다.

콰앙! 우저적!

쉽게 뜯겨 나간 철문이 뒤로 죽 날아가 정원 바닥에 드러누웠다.

그 소란에 저택의 지하에서 기사와 사병들이 우르르 몰려나왔다.

다들 급하게 나왔는지 갑주도 제대로 걸치지 못한 상태였다.

"무슨 소란이야!"

저택의 중앙 현관문이 열리며 집사 포르마가 모습을 드러냈다.

포르마는 흰 수염을 멋지게 기른 50대의 중년 사내였다.

난 포르마에게 소리쳤다.

"나 길버트요!"

"길… 버트?"

포르마가 눈에 띄게 당황하고 있었다.

하, 이게 무슨 반응인지 알겠군.

내가 죽었을 거라고 생각했던 건가?

그런데 이렇게 살아서 두 발로 걸어와 소란을 피우고 있으니 놀랍다 이거야?

이런 빌어먹을!

분을 삭이지 못하고 발로 바닥을 내리쩍었다.

콰앙!

엄청난 소리와 함께 지축이 흔들렸다.

발은 흙바닥을 크게 파고들었다.

충격에 휩쓸린 파편들이 사방으로 비산했다.

난 포르마를 노려보며 물었다.

"마테리안 남작님을 보러 왔소!"

포르마가 잠시 말을 고르다가 고개를 저으며 입을 열었다.

"각하께서는 저택에 안 계시네. 그러니 험한 꼴 당하기 싫거든 그만 돌아가게!"

"말로 하는 건 여기까지요. 내 인내심을 시험하지 마시오. 난 지금 생사의 경계를 여러 번 넘은 데다가 동료를 모두 잃었소. 그게 내게 무얼 의미하는지 알 거라 생각하오. 레드 텅 용병단의 동료들을 잃었다는 건… 내 모든 것을 잃었다는 말이오!"

나는 상처 입은 야수처럼 포효했다.

하지만 포르마는 여전히 똑같은 말만 반복할 뿐이었다.

"각하께서 안 계시다고 했네."

"이제 말로 하지 않겠다고 경고했소."

"나 역시 더 이상 자네의 사정을 봐주지 않겠네!"

포르마의 말에 기사단장이 앞으로 나섰다.

그의 손짓 한 번에 다른 기사와 병사들이 사방으로 날 포위했다.

"그래… 끝까지 가보자."

기사가 다시 한 번 손짓했고, 전후좌우에서 병사들이 검을 휘두르며 달려들었다.

하지만.

카카카카카캉!

그것들 중 단 하나도 내 몸에 상처를 낼 수 없었다.

병사와 기사들이 당황해서 일순 몸이 굳었다.

그때 내 바스타드 소드가 전광석화처럼 움직였다.

서걱! 서거걱!

"악!"

"으억!"

무섭게 공간을 가르는 바스타드 소드에 일곱의 병사가 목이 잘렸다.

그러자 다른 병사들이 다시 내게 달려들었다.

"우어어어어어어!"

난 크게 고함을 지르며 전보다 더 매섭게 거대한 검을 사위로 휘둘렀다.

검이 한 번 휘둘러질 때마다 최소 하나 이상의 목이 떨어졌다.

속수무책 당하기만 하는 병사들을 제치고 기사단이 튀어나왔다.

이전의 나였다면 기사단을 상대로는 버틸 수가 없었겠지.

하지만 지금은 상황이 다르다.

난 달려드는 기사단에게 한 손을 뻗어 소리쳤다.

"라이트!"

시전어와 함께 허공에서 형성된 번개가 앞으로 날아갔다.

번쩍!

콰르르르르릉!

"으아아아아아아!"

"끄아아아악!"

번개에 얻어맞은 기사들이 몸을 떨며 쓰러져 나갔다.

선두에 있던 기사는 까맣게 탄 재가 되었다.

후미에 자리한 덕분에 전격 마법을 피할 수 있었던 기사 두 명이 망부석처럼 굳었다.

"마, 마법······?"

"용병이 마법을······!"

병사들이 수군거렸다.

포르마 집사도 믿기지 않는 시선을 내게 던지고 있었다.

"내 경고를 무시한 대가가 무엇인지 똑똑히 보아라!"

난 일갈을 내지르며 폭풍처럼 정원을 휩쓸기 시작했다.

사방팔방 적이 있는 곳으로 달려가 검을 휘두르고 마법을 시전했다.

내가 가는 곳마다 시체가 만들어졌다.

푸른 정원에 붉은 피와 살덩이가 떨어졌다.

"아아악!"

"내, 내 다리!"

"쿨럭! 크흐으······."

여기저기서 곡소리가 울려 퍼졌다.

아름답던 정원엔 삽시간에 지옥도가 펼쳐졌다.

기사와 병사들이 모조리 난도질당해 죽음을 맞았다.

저택 내부에서 이를 지켜보던 하인들은 비명을 지르며 숨기 바빴다.

정원에 이제 자신의 두 발로 멀쩡히 서 있는 사람은 나와 포르마 집사밖에 없었다.

난 포르마 집사에게 다가가 물었다.

"마테리안은 어디 있나."

포르마 집사가 공포에 바들바들 떨면서도 절대 내게 굴하지 않겠다는 듯 소리쳤다.

"나는 모른다!"

"그럼 너도 죽어라."

바스타드가 다시 한 번 한 사람의 목을 취하려던 찰나.

"멈추어라!"

누군가의 우렁찬 음성이 내 행동을 멈추게 했다.

『데일리 히어로』 5권에 계속…

북검전기
우각 新무협 판타지 소설
FANTASTIC ORIENTAL HEROES
2014년의 대미를 장식할,
작가 우각의 신작!
『십전제』, 『환영무인』, 『파멸왕』…
그리고,
『북검전기』
무협, 그 극한의 재미를 돌파했다.
북천문의 마지막 후예, 진무원.
무너진 하늘 아래 홀로 서고, 거친 바람 아래 몸을 숙였다.
살기 위해! 철저히 자신을 숨기고
약하기에! 잃을 수밖에 없었다.
심장이 두근거리는 강렬한 무(武)!
그 걷잡을 수 없는 마력이,
북검의 손 아래 펼쳐진다!
Book Publishing CHUNGEORAM
유행이 아닌 자유추구 -
www.chungeoram.com

The Record of Dragon's Return

재중 귀환록

푸른 하늘 **장편 소설**
FUSION FANTASTIC STORY

『현중 귀환록』, 『바벨의 탑』의
푸른 하늘 신작!
이계를 평정한 위대한 영웅이 돌아왔다!

어느 날 갑자기 찾아온 부모님의 죽음.
그리고 여동생과의 생이별.
모든 것을 감당하기에 재중은 너무 어렸다.
삶에 지쳐 모든 것을 포기할 때, 이계에서 찾아온 유혹.

"여동생을 찾을 힘을 주겠어요.
…대신 나를 도와주세요."

자랑스러운 오빠가 되기 위해!
행복한 삶을 위해!

위대한 영웅의
평범한(?) 현대 적응이 시작된다!

Book Publishing CHUNGEORAM

유행이 아닌 자유추구 -
WWW.chungeoram.com